CAUTIVA POR VENGANZA

MAUREEN CHILD

HARLEQUIN™

Editado por HARLEQUIN IBÉRICA, S.A.
Núñez de Balboa, 56
28001 Madrid

© 2013 Maureen Child
© 2014 Harlequin Ibérica, S.A.
Cautiva por venganza, n.º 1971 - 2.4.14
Título original: Her Return to King's Bed
Publicada originalmente por Harlequin Enterprises, Ltd.

I.S.B.N.: 978-84-687-4190-1
Depósito legal: M-789-2014
Editor responsable: Luis Pugni
Fotomecánica: M.T. Color & Diseño, S.L. Las Rozas (Madrid)
Impresión en Black print CPI (Barcelona)
Fecha impresion para Argentina: 29.9.14
Distribuidor exclusivo para España: LOGISTA
Distribuidor para México: CODIPLYRSA
Distribuidores para Argentina: interior, BERTRAN, S.A.C. Vélez
Sársfield, 1950. Cap. Fed./ Buenos Aires y Gran Buenos Aires,
VACCARO SÁNCHEZ y Cía, S.A.

Capítulo Uno

—¿Un ladrón de joyas, aquí, en el hotel? —preguntó Rico King al jefe de seguridad.

Franklin Hicks, un hombre en la treintena, alto, con la cabeza rapada y ojos azules, frunció el ceño.

—Es la única explicación. La huésped del bungaló seis, Serenity James, ha denunciado el robo de unos diamantes. Ya he interrogado a la doncella y al servicio de habitaciones.

Rico no necesitaba mirar el plano del hotel para localizar el bungaló seis. Como todos ellos, estaba lo suficientemente aislado como para ofrecer la máxima privacidad a sus huéspedes. Gente como Serenity James, una joven y prometedora actriz que, contradiciendo su nombre, vivía al límite, y que, según sabía Rico por el servicio de seguridad, recibía continuas visitas de hombres. Cualquiera de ellos podía haberse llevado las joyas. Y Rico confió en que la resolución del robo fuera sencilla.

—¿Has hablado con los invitados de la señorita James?

—Estamos intentando localizarlos, pero dudo que sea ninguno de ellos —contestó Franklin resoplando—. Quienquiera que robara los diamantes hizo una selección precisa de las piedras que podrían venderse más fácilmente. Parece un trabajo profesional. Además, ha habido dos denuncias más en los últimos días.

–¡Maldita sea! –masculló Rico.

El hotel Castillo Tesoro llevaba abierto solo seis meses. Era un hotel exclusivo que pronto se había convertido en el favorito de celebridades y millonarios en busca de un lugar aislado y discreto. El hotel estaba situado en medio de la isla caribeña de Tesoro, de propiedad privada. Nadie podía atracar en ella sin el permiso del dueño, Walter Stanford.

La isla era exuberante y el hotel era una maravilla, con numerosas piscinas, magníficos spas y vistas espectaculares del océano desde todas las habitaciones. Era lo bastante pequeño como para que se considerara un destino selecto. Contaba con ciento cinco habitaciones, además de los bungalós repartidos por la propiedad. Los interiores eran opulentos, el servicio impecable y la isla tenía una atmósfera ensoñadora. Para aquellos que podían permitírselo, el Tesoro ofrecía un mundo de lánguidos placeres para los sentidos.

Y Rico no estaba dispuesto a permitir que su buen nombre se viera empañado. Si había un ladrón profesional, lo encontrarían.

–¿Habéis visionado las cámaras de seguridad?

–No hay nada –contestó Franklin, contrariado–. Lo que encaja en la teoría del profesional. Quienquiera que lo hizo, sabía evitar la cámara.

—Convoca una reunión con tus hombres. Quiero a todos con los oídos y los ojos bien abiertos. Y si es preciso, contrata a más gente —dijo Rico—. Llama a mi primo Griffin. King Security puede proporcionarnos el personal necesario mañana mismo.

Franklin se tensó. Había trabajado en otra ocasión con los gemelos Griffin y Garrett King y había preferido aceptar el puesto de jefe de seguridad de la isla. No le gustaba la insinuación de que no sabía resolver el problema por su cuenta.

—No necesito más hombres. Mi equipo es el mejor. Localizaremos al ladrón.

Rico asintió. Comprendía que había herido el orgullo de Franklin y estaba dispuesto a darle una oportunidad. Pero si finalmente consideraba que necesitaba refuerzos, Franklin tendría que aceptarlo.

Aquel hotel había sido el sueño de Rico. Lo había construido su empresa de construcción de acuerdo a sus especificaciones, y era el epítome del hotel de lujo. Era dueño de varios hoteles, todos ellos espectaculares. Pero el Tesoro era la joya de la corona y haría lo que fuera para proteger su buen nombre.

Rico miró por la ventana con gesto pensativo. La isla era un verdadero tesoro: kilómetros de playas vírgenes, mar de color aguamarina, espesas selvas en el interior con espectaculares cascadas de agua; y sol todos los días, con una suave brisa que ahuyentaba a los insectos y aliviaba el calor.

Rico había tardado meses en convencer a Walter Stanford para que le vendiera parte de la isla. De hecho, había tenido que recurrir a sus primos mayores para que acudieran a hablar con el anciano. Y de hecho, Sean King había salido beneficiado, al acabar casándose con la nieta de Walter, Melinda.

Con todo el trabajo y esfuerzo invertido, le enfurecía pensar que algo pudiera salir mal. Sus huéspedes acudían en busca de belleza, privacidad y seguridad, y estaba decidido a que la tuvieran. La sospecha de que hubiera en la isla un ladrón de joyas le hizo apretar los puños. Si era cierto, lo localizaría y se aseguraría de que pasara un largo tiempo en prisión.

Y lo encontrarían. La isla era de difícil acceso y hacía días que ni atracaba ni partía ningún barco, así que el ladrón no podía haber huido.

Ladrón de joyas.

Súbitamente esas palabras le encendieron una luz de alarma en la mente, pero se dijo al instante que debía estar equivocado.

Ella no se arriesgaría tanto. No se atrevería a volver a enfrentarse a él. Pero, ¿y si se equivocaba?

–¿Jefe?

–¿Sí? –Rico miró a Franklin por encima del hombro.

–¿Quiere que contacte a la Interpol?

–No –dijo Rico, ante la sorpresa del jefe de seguridad. Y volvió la mirada hacia la ventana mientras sentía una descarga de adrenalina al pensar que podía estar a punto de llevar a cabo la venganza que llevaba esperando cumplir desde hacía cinco años.

Hasta que no pudiera comprobar si su intuición era acertada, no pediría la intervención de la Interpol.

–Lo arreglaremos internamente –dijo Rico, apartando la mirada de la ventana–. Ya decidiremos qué hacer cuando localicemos al ladrón.

–Como quiera –dijo Franklin. Y se fue.

–Así es –masculló Rico para sí. Y si descubrían que el ladrón era en realidad una mujer, y la misma mujer que le había robado con anterioridad…

–Papá, por favor, vete antes de que sea demasiado tarde –Teresa Coretti desvió la mirada desde su padre a la puerta cerrada de la suite.

Estaba dominada por la ansiedad desde que había llegado a Tesoro, pero en cuanto había descubierto que su padre y su hermano estaban allí para sus supuestas vacaciones, no había tenido más remedio que ir en su busca.

–¿Cómo me voy a ir si todavía no han acabado mis vacaciones? –preguntó su padre con un exagerado encogimiento de hombros y una sonrisa pícara.

Vacaciones. ¡Qué ironía!

De haber sido verdad que Nick Coretti se había tomado unas vacaciones, no se habría denunciado la pérdida de ningún objeto en el hotel.

Dominick era la versión italiana, algo más bajo y mayor, de George Clooney. Siempre estaba bronceado y nada le pasaba desapercibido a sus penetrantes ojos marrones. Las canas que pintaban su cabello oscuro le dotaban de un aire de distinción. Era todo un caballero y había sido un fiel esposo hasta la muerte de la madre de Teresa, diez años antes.

Desde entonces, había utilizado su carisma para hacerse un hueco en la alta sociedad, donde, como él mismo decía: «La cosecha siempre valía la pena». Adoraba a las mujeres y ellas a él. Y era el mejor ladrón de joyas del mundo, entre los que también estaban Gianni y Paulo, los dos hermanos de Teresa.

Su padre siempre estaba planeando el siguiente golpe y Teresa debía haber supuesto que no resistiría la tentación que representaba Tesoro, que para él era todo un filón. Lo peor de todo era que el hotel pertenecía Rico King.

Hacía cinco años que no lo veía, pero todavía le recorría un escalofrío ante la sola mención de su nombre. Podía ver sus ojos azules como si lo tuviera delante; casi podía sentir el sabor de su boca y apenas pasaba una noche sin que soñara con sus manos sobre su piel. Tras un esfuerzo sobrehumano por borrarlo de su vida, se encontraba en su territorio.

Miró hacia la terraza con ansiedad, como si esperara que apareciera en cualquier momento, mirándola destilando odio por los ojos.

Pero en el exterior solo había una mesa de cristal, unas sillas y una hamaca, y una cubitera de plata con el champán favorito de su padre.

–Papá, ¿no recuerdas que te dije que te mantuvieras alejado de Rico King?

Nick se quitó una inexistente mota de polvo de su elegante chaqueta y se pasó la mano por el inmaculado cabello.

–Claro que lo recuerdo, ángel mío. Y tal y como te prometí, no he tocado ninguna de sus pertenencias.

Teresa suspiró.

–No me refería a eso. Tesoro es de Rico, así que robar a sus huéspedes es lo mismo que robarle a él. Estás tentado la suerte. Rico no es precisamente un hombre comprensivo.

–Teresa, siempre has sido demasiado asustadiza, demasiado… honesta.

Teresa sonrió con tristeza, preguntándose si habría otra familia en la que la honestidad se considerada un defecto. Había vivido desde pequeña en el límite de la legalidad. Con cinco años podía reconocer a distancia a un policía de paisano. Mientras otros niños jugaban, ella aprendía a abrir cerrojos. Cuando sus amigas aprendían a conducir, ella se especializaba en cajas fuertes.

Adoraba a su familia, pero no había conseguido acostumbrarse a robar como modo de vida. A los dieciocho años anunció a su padre que lo abandonaba y se había convertido en la primera Coretti que estudiaba una carrera y conseguía un empleo legal. Algo que su padre consideraba una manera de desaprovechar su talento.

Observó a su padre acomodarse en una hamaca y mirar a su alrededor.

El Tesoro era un hotel excepcional, tal y como podía esperarse de Rico. Ella misma había descubierto años atrás, al conocerlo en Cancún, que él siempre aspiraba a lo mejor.

En su hotel de México, el Castillo del Rey, Teresa era una de las innumerables chefs que trabajaba en la cocina. Era su primer trabajo y le encantaba participar en el ajetreo general. Había estado convencida de que era lo mejor que le había pasado en la vida, hasta que conoció a Rico en persona.

Tras una larga jornada de trabajo y antes de volver a su apartamento, se había dado un capricho, relajándose en una hamaca de la playa con una copa de vino para disfrutar de la calma de la noche y un rato de soledad.

Entonces apareció él caminando por la orilla. La luz de la luna hacía brillar su cabello oscuro y la camisa blanca que vestía. Llevaba unos pantalones tostados y caminaba descalzo. Era alto y espectacularmente guapo. Y también su jefe. Rico King era un playboy multimillonario, y en aquel momento estaba tan solo como ella.

La escena estaba grabada a fuego en la mente de Teresa.

Rico había mirado en su dirección como si sintiera que lo observaba y, sonriendo, se había dirigido a ella.

«Creía que estaba solo».

«Yo también».

«¿Quieres que estemos a solas juntos?».

Teresa recordaba a la perfección el suave acento que tenía sus palabras, sus penetrantes ojos azules, su cabello azabache y su tentadora sonrisa. Rico se había sentado a su lado y había compartido su copa de vino mientras charlaban durante un par de horas.

Teresa se obligó a volver al presente y dejar de pensar en él o en lo que podría haber pasado si todo hubiera sido distinto. Estaba en el hotel de Rico por una única razón: que su familia se marchara antes de que Rico los descubriera. Pero su padre se negaba a escucharla.

Y a ella no le cabía la menor duda de que Rico los localizaría. Lo conocía demasiado bien y tenía la certeza de que no cejaría hasta conseguirlo. Solo era cuestión de tiempo. Por eso tenía que sacar a los Coretti de la isla cuanto antes.

Siguió a su padre a la terraza. El sol brillaba con fuerza y en la suave brisa flotaba un perfume a flores tropicales.

–Papá, no conoces a Rico tan bien como yo. Te aseguro que os descubrirá.

Su padre resopló con desdén.

–Querida, ningún Coretti ha sido descubierto nunca. Somos demasiado buenos.

Tenía razón, pero nunca se habían enfrentado a un adversario como Rico. Era cierto que varios cuerpos de policía de distintos países lo habían intentado en vano, pero su interés en la familia de ladrones había sido meramente profesional, mientras que Rico se lo tomaría como algo personal.

–Papá, tienes que hacerme caso –Teresa posó una mano en su brazo–. Por favor, salgamos de la isla mientras podamos.

Su padre chasqueó la lengua.

–Sobrevaloras a ese hombre porque significó algo para ti. Crees que está obsesionado con nosotros.

–¿No recuerdas que me estuvo buscando?

Su padre hizo un vago gesto con la mano.

–Porque heriste su orgullo al dejarlo, cariño. Ningún hombre se quedaría indiferente si perdiera a una mujer tan maravillosa. Pero han pasado cinco años, y ha llegado la hora de que dejes de preocuparte por él.

Cinco años que eran como cinco minutos. Rico era el tipo de hombre que una mujer no olvidaba nunca.

Además, su padre no sabía todo lo que había sucedido entre ella y Rico. Había cosas que era difícil compartir incluso con la familia.

Observando a su padre en aquel instante, que contemplaba la vista como si fuera el dueño de la propiedad, pensó que, en otras circunstancias, él y Rico podrían haber llegado a ser amigos. Eran los dos hombres más testarudos y empecinados que conocía.

Y con esa reflexión se dio cuenta de que se trataba de una batalla perdida. Dominick Coretti jamás dejaba un trabajo a medias. No se marcharía hasta que lo diera por concluido. Y eso lo convertía en un fácil objetivo para Rico.

Todos los hosteleros conocían a los Coretti. No eran invisibles, sino tan buenos como para que nunca se encontraran pruebas contra ellos. Eran ricos y no se ocultaban. Nick Coretti, como sus antepasados, creía que había que vivir plenamente. Que para ello necesitara el dinero ajeno, no cambiaba nada. Normalmente, Teresa se habría resistido a acudir a Tesoro por temor a alertar a Rico. Pero dado que su familia se exhibía sin la menor cautela, y que habían desaparecido varias joyas, era cuestión de tiempo que Rico estableciera la conexión.

Su padre se puso en pie, se sirvió otra copa y se apoyó en la barandilla. Aunque aparentara mirar el paisaje, Teresa sabía que estaba estudiando a los huéspedes, eligiendo a su próxima víctima, si es que no la había seleccionado ya.

Por muy encantador que fuera, Dominick era un hombre con mucho carácter, al que era mejor no contrariar. Como cabeza de la familia Coretti era un general al mando de una tropa. Cuando hacía un plan, el resto de la familia obedecía.

Excepto ella. De niña había ansiado instalarse en la casa que tenían fuera de Nápoles en lugar de viajar constantemente. Jamás permanecían en un mismo lugar más de un mes y, como solo volvían a casa ocasionalmente, era imposible tener amigos. Tanto ella como sus hermanos habían sido educados en casa, y junto con las asignaturas normales, sus hermanos y ella habían recibido clases en apertura de cerrojos, falsificación y cajas fuertes. Para cuando los niños Coretti llegaban a adultos, estaba preparado para incorporarse al negocio familiar.

Fue entonces cuando Teresa tomó una decisión. Su padre se había enfurecido y había tratado de convencerla. Su madre había llorado y sus hermanos no lo habían creído, pero finalmente, había sido el primer miembro de la familia en salirse del negocio.

–Te preocupas demasiado, Teresa –dijo él, sacudiendo la cabeza–. No es un trabajo diferente a los demás. En cuanto acabemos, nos marcharemos y punto final.

El problema era que la familia Coretti tenía un asunto pendiente con Rico del que su padre no sabía nada y aquel no era el momento de contárselo.

–¿Qué puede hacer si no tiene ninguna prueba? –Nick rio y dio un sorbo al champán–. Parece mentira que no sepas que nadie puede atrapar a los Coretti.

–Es evidente que no es tan difícil como crees –dijo una voz profunda desde detrás de Teresa.

Teresa se quedó paralizada. La habría reconocido en cualquier parte.

Con una extraña mezcla de temor y anhelo, se volvió lentamente y miró a Rico King a los ojos.

Capítulo Dos

—¿Quién es usted y qué hace aquí? —exigió saber su padre, entrando desde la terraza y enfrentándose a Rico.

—Papá —dijo Teresa, poniéndose en pie—. Te presento a Rico King.

—¡Ah, nuestro anfitrión! —dijo Nick, esbozando una sonrisa—. Aun así, no tienes derecho a entrar sin ser invitado.

Rico sintió la sangre en ebullición y le irritó tener que esforzarse en apartar la mirada de Teresa para mirar a su padre. El brillo en los ojos del viejo Coretti le indicó que sabía a la perfección quién era, y que su aparente ingenuidad era parte del juego.

—Que seas un ladrón operando en mi hotel me da todo el derecho del mundo.

—¿Ladrón yo? —exclamó Nick, hinchando el pecho y resoplando con tanta fuerza que Rico pensó que iba a salir volando.

—Papá, por favor —dijo Teresa, interponiéndose entre los dos hombres. Se giró hacia Rico y dijo—: Nos marcharemos de inmediato.

—No vais a ir a ninguna parte —dijo Rico, a la vez que sentía crecer la rabia.

Llevaba cinco años preguntándose dónde estaba. Si estaba muerta o herida. Si se reía de él en la cama de otro hombre. No. Teresa no iba a irse hasta que él lo decidiera. Y no tenía ni idea de cuándo llegaría ese momento.

Teresa palideció y sus ojos marrones reflejaron un sinfín de emociones difíciles de identificar. Aunque, se dijo Rico, tampoco le importaba averiguarlo. Y para convencerse a sí mismo, desvió la mirada hacia Coretti.

Dominick Coretti era un hombre elegante y seguro de sí mismo, cuya chispeante mirada delataba que estaba pensando en una manera de salir del paso y salvar una situación inesperada. Pero no tendría salida a no ser que hiciera lo que Rico iba a exigirle.

—Me ofende que pienses que soy un ladrón —empezó, optando por la rutina de hacerse el huésped ofendido—. No pienso quedarme donde se me insulta. Ni mi familia ni yo pasaremos una sola noche más en esta isla.

—Tu familia no podrá abandonar la isla hasta que devolváis las joyas que habéis robado.

—Disculpa pero…

—No hay disculpa que valga —dijo Rico con aspereza. Tenía que admitir que Coretti interpretaba tan bien su papel y que, de no haber estado convencido de quién era, le habría creído. La cuestión era que él sabía a la perfección quién era la familia Coretti—. Una vez devolváis las joyas —añadió con una sonrisa de superioridad—, podrás marcharte

16

con tu hijo. Pero mi esposa se quedará aquí, conmigo.

–¿Qué esposa? –preguntó Nick.

–¿Esposa? –repitió Teresa, atónita.

A Rico le satisfizo ver cómo se abrían sus preciosos ojos desorbitadamente y perdía el color de las mejillas.

–Nunca me dijiste que te hubieras casado con él –dijo su padre, acusador.

–No tenía importancia –dijo Teresa sin molestarse en mirar a Rico.

Aquellas tres palabras fueron como otras tantas bofetadas para Rico y avivaron su furia. No era importante ni su matrimonio, ni que hubiera huido, ni que su familia le hubiera robado.

Tuvo que hacer un esfuerzo sobrehumano para que su voz no delatara hasta qué punto estaba fuera de sí.

–No fue eso lo que dijiste en su momento.

–¿Por qué no he sabido nada de este matrimonio? –preguntó su padre, amenazador.

–Papá…

Rico no creyó ni por un instante que el enfado de Coretti fuera real. Sabía todo lo que se podía saber sobre la familia. Y aunque los detectives no hubieran sido capaces de localizar a Teresa, le habían proporcionado una información muy interesante. La suficiente como para enviar a toda la familia entre rejas si así lo decidía.

Por eso no creyó a Nick. Sabía que el robo era la forma de vida de la familia desde hacía varias generaciones y que mentir formaba parte de su ADN.

–No pienso seguirte el juego –dijo con calma.

–¿Qué juego?

Rico miró alternativamente a Coretti y a la mujer que perturbaba sus sueños.

–Como he dicho, entrega lo robado, y tú y tu hijo podréis marcharos. Teresa se queda conmigo hasta que devolváis la daga de oro que me robasteis hace cinco años.

–No puedes retener a mi hija contra su voluntad –dijo Nick en un tono que dejaba claro que estaba acostumbrado a ser obedecido.

–O aceptas mis condiciones –dijo Rico, mirándolo fijamente–, o llamo a la Interpol.

Nick desestimó esa amenaza con un gesto de la mano.

–La Interpol no me preocupa lo más mínimo.

–Pensarías de otra manera si supieras la información que he reunido a lo largo de los años y que puedo entregarles.

–¿Qué información? –preguntó Nick, entornando los ojos.

–La suficiente como para acabar contigo –dijo Rico, ignorando la suave exclamación de sorpresa de Teresa.

–Eso es imposible –dijo Nick, retador, aunque en sus ojos se reflejó un brillo de inquietud–. No hay ninguna prueba contra mi familia.

–Hasta ahora –dijo Rico. Y sonrió–. Los detectives pueden llegar donde la policía no alcanza. Y si llegara a sus manos cierta información de una fuente anónima...

Nick Coretti, o Candello, tal y como se había registrado en el hotel, pareció sentirse acorralado. Y lo estaba. Rico había sido tan metódico como solo podía serlo un King al enfrentarse a un enemigo. En combinación con su sangre latina, la venganza le estaba sabiendo más dulce de lo que nunca hubiera imaginado.

—Tus hijos no son siempre tan cuidadosos como tú —dijo. Y vio que Coretti lo observaba con una mezcla de inquietud y desconfianza.

—Estás mintiendo.

Sin apartar la mirada de él, Rico sonrió y dijo:

—Teresa, dile a tu padre que jamás miento.

—Es verdad, papá —dijo ella con un hilo de voz—. Si dice que tienes pruebas, las tiene.

Coretti frunció el ceño y Rico supo que lo tenía en sus manos.

—¿Qué es lo que quieres? —preguntó.

—Ya te lo he dicho: quiero que me devuelvas lo que me robaste hace cinco años.

Nick lanzó una mirada hacia Teresa y, volviéndola de nuevo a Rico, dijo:

—Por lo visto, tú también me robaste algo.

Rico se dijo que «robar» no era la palabra. Por primera y última vez en su vida, se había dejado llevar por el corazón. Y todavía sufría las consecuencias.

—De acuerdo, piénsalo como un intercambio —dijo—. Cuando me devuelvas lo que es mío, yo te devolveré lo tuyo.

Sabía que estaba siendo ofensivo, pero le daba lo mismo. Teresa se cuadró de hombros y lo miró con altanería.

–Yo no soy propiedad de nadie.

–No te hagas la digna. Tranquila, no tengo el menor interés en quedarme contigo –dijo Rico con desdén. Teresa lo miró como si la hubiera abofeteado y él añadió sin inmutarse–: Podrás irte en cuanto me devuelvan la daga azteca.

Teresa lo había utilizado y había desaparecido en cuanto la mejor pieza de su colección había sido robada. Rico sabía que el ladrón era un hermano de Teresa, y estaba decidido a que le devolvieran la daga que los aztecas usaban en sus ceremonias reduituales y que su tatarabuelo había descubierto en un yacimiento arqueológico hacía más de un siglo. Además de ser una antigüedad, era una herencia que había pasado de padres a hijos desde hacía generaciones.

Cuando la tuviera en sus manos y se hubiera vengado de Teresa, podría olvidar el pasado y seguir con su vida.

Teresa dio un paso hacia él. Como si estuvieran solos, lo miró fijamente a los ojos y dijo:

–Me divorcié de ti hace cinco años. Contraté un abogado en Cancún y le pedí que solicitara los papeles. Me envió la sentencia.

–Eran papeles falsos –dijo Rico con aspereza.

La ira volvió a dominarlo al recordar el momento en que su bogado y buen amigo le notificó las intenciones de Teresa. Gracias a que se trataba de un amigo que además le debía varios favores, accedió a falsificar la documentación y a hacer creer a Teresa que el matrimonio había quedado disuelto. Rico había acudido a la dirección que Teresa le había dado al abogado, pero para entonces ya había se había ido a algún otro lugar de Europa.

A lo largo de aquellos cinco años, Rico se había arrepentido más de una vez de aquel engaño. Pero en aquel entonces había estado demasiado furioso y demasiado enamorado como para aceptar que desapareciera para siempre.

En aquel instante, sin embargo, al ver la cara de estupor de Teresa, se alegró.

Era evidente que le sorprendía que la hubiera descubierto. Pero él tenía acceso a todas las fichas de entrada y no le había costado adivinar que se trataba de la huésped registrada con el nombre de Teresa Cucinare. Luego había bastado que el recepcionista la describiera como espectacularmente guapa, con grandes ojos marrones y un hoyuelo en la mejilla derecha, para confirmar sus sospechas.

Cinco años, tres meses y diez días. Rico sabía con precisión cuándo había desaparecido su mujer. Había ensayado numerosas veces lo que le diría al encontrarla, pero llegado el momento, solo podía contemplarla. Era imposible apartar los ojos de su cuerpo esbelto y voluptuoso, de su cabello lustroso, de las uñas de sus pies que, pintadas de rojo, asomaban por unas sandalias de tacón alto.

Se había casado con él, lo había utilizado y luego lo había abandonado como a una colilla. No era posible perdonarla. Pero, aunque pareciera imposible, Teresa Coretti estaba aún más guapa que cinco años atrás.

Coretti. Un apellido que, aunque él no lo supiera, era conocido en todo el mundo. Solo lo había descubierto cuando ella lo abandonó. Después de seguirle la pista hasta Italia, se había evaporado como el humo. Tenía la habilidad de escabullirse propia de su familia. La policía jamás había encontrado pruebas que pudieran inculparlos, y él no había logrado localizar a Teresa por más detectives que hubiera contratado.

Pero su búsqueda había concluido. Y ya no la dejaría marchar.

—Rico...

Su voz, grave y sexi, lo sacudió como un latigazo, y Rico se odió a sí mismo por desearla, a pesar de todo, más de lo que estaba dispuesto a admitir. Pero, se dijo, aquel deseo sería apaciguado en sus términos.

—Ha pasado mucho tiempo —dijo, mirándola fijamente.

—Sé que...

—Lo que me asombra es que hayas sido capaz de venir por aquí —interrumpió Rico.

—Permite que te explique...

—¿Para que te inventes una mentira? —Rico sacudió la cabeza—. Lo siento, pero no.

—Podemos discutir todo esto civilizadamente.

Rico desvió la mirada de Teresa a su padre, el

cabeza de una familia de ladrones que debía haber enseñado a Teresa su peculiar sentido del honor. Observándolo, era inevitable admirar la imperturbable calma que mantenía.

—¿Civilizadamente? —repitió Rico—. ¿Robar es civilizado? ¿Lo es que tu hija distraiga a un hombre para poder robarle?

Nick entornó los ojos.

—Yo no uso a mis hijos.

—No, solo los entrenas —dijo Rico, sarcástico.

—Callaos ya —Teresa tomó aire y, dando la espalda a Rico, miró a su padre—. Papá, ¿nos disculpas?

Su padre miró a Rico y luego de nuevo a su hija.

—¿Estás segura, Teresa?

—Completamente —lo tranquilizó ella—. Por favor.

—Está bien —Nick se sacudió las solapas de la chaqueta y miró a Rico—. Estaré a mano.

—Deberías ir pensando en abandonar la isla —dijo Rico.

—Jamás me iría como un cobarde, dejando atrás a mi hija —dijo Nick, airado.

Aunque Rico no lo creía, no se molestó en contradecirle. Esperó a que Nick saliera de la suite para decirle a Teresa:

—El puerto está cerrado. No puede ir a ninguna parte.

—No me abandonaría —dijo Teresa, crispada.

—¿Quieres decir que los ladrones tenéis sentido del honor? —dijo Rico, riendo con sarcasmo—. Me cuesta creerlo de la mujer que me entretuvo para que su familia me robara.

–Yo no… –Teresa calló y masculló algo que Rico no llegó a entender–. ¿Qué has querido decir con que no estamos divorciados?

–Solo eso, que los documentos que recibiste eran falsos –dijo ella, cruzándose de brazos–. No sé cómo te atreves a acusar a mi familia de engañar y mentir. Tú no eres mejor que nosotros.

–Te equivocas –dijo Rico, sonriendo cuando, al acercarse a ella, Teresa retrocedió–. A ti nunca te he robado, ni te he mentido, ni te he utilizado.

–Puede que no, pero me hiciste creer que estábamos divorciados solo para poder retenerme. ¿Qué vas a hacer ahora, encerrarme en una mazmorra?

–Es una pena, pero en el hotel no hay mazmorras –dijo él sin perder la sonrisa–. Pero seguro que encontraremos algo apropiado.

–Espero que estés bromeando –dijo Teresa, mirando a un lado y otro como si esperara recibir ayuda en cualquier momento. Pero estaban solos y la tensión podía mascarse.

–Nunca había hablado tan en serio –Rico se inclinó y le susurró al oído–: Sigues siendo mi esposa.

Rico había esperado durante años a tenerla delante y que Teresa le dijera que su matrimonio había sido una farsa, una artimaña para que su familia pudiera robarle. Y la escena era tan dulce como la había soñado.

Teresa alzó la barbilla, desafiante.

–Sabes tan bien como yo que no puedes hacerme tu prisionera, Rico.

Él se encogió de hombros y se metió las manos en los bolsillos mientras la miraba fijamente.

–No será necesario. Te quedarás por propia voluntad.

–¿Y por qué haría eso?

–Como os he dicho a ti y a tu padre, tengo suficientes pruebas como para que los Coretti pasen varios años en la cárcel.

–¿Los entregarías solo por vengarte de mí?

–No lo dudes –dijo Rico con aspereza–, no tienes ni idea de lo que sería capaz de hacer contra alguien que me ha engañado.

–Yo no te engañé –dijo Teresa precipitadamente–. Cuando me enteré de que mi hermano…

–No quiero que me des explicaciones –la cortó Rico. Y posó las manos en sus hombros. Tocarla después de tanto tiempo estuvo a punto de desestabilizarlo y tuvo que dominar la instintiva reacción de su cuerpo para concentrarse en la rabia que le ardía como una bola de fuego en la boca del estómago–. Tendrías que habérmelas dado hace cinco años, Teresa.

Teresa se estremeció y, extrañamente, a Rico le proporcionó una menor satisfacción de lo que habría esperado.

–Lo único que quiero de tu familia es que me devuelva lo que me pertenece –concluyó con frialdad. Al ver que Teresa abría los ojos desmesuradamente, sacudió la cabeza y añadió–: No, Teresa, no me refiero a ti, sino a la daga. Y hasta que no aparezca, tú no vas a ir ninguna parte.

Teresa sabía que accedería a cualquier cosa con tal de evitar que su familia fuera a la cárcel.

Ante Rico, se sentía más vulnerable incluso que cuando lo conoció, y ya entonces le bastaba mirarlo para que le temblaran las piernas. Pero no podía dar la menor muestra de fragilidad, porque el hombre que tenía ante sí, por mucho que fuera su marido, era un extraño.

Durante aquellos años le había seguido la pista en los periódicos y las revistas del corazón. Y aunque le había mortificado verlo acompañado de hermosas mujeres, no podía recriminarle nada, puesto que estaban divorciados. O eso había creído hasta aquel momento.

—No puedo creer que sigamos casados.

Rico sonrió con sorna.

—Pues créetelo.

—Esteban me entregó los papeles del divorcio.

—Esteban vino a verme cuando lo contrataste. Tenía una deuda conmigo.

—¿Y me usaste como pago?

—¿Estás acusándome de utilizarte? —dijo Rico con ojos centelleantes—. Los dos sabemos la verdad.

Teresa comprendía su punto de vista, pero no era del todo cierto.

—Rico, yo no te utilicé.

Teresa se pasó los dedos por el cabello negro,

lustroso. Seguía queriendo estrangular a su hermano Gianni. Cinco años atrás, había pedido específicamente a su familia que dejara en paz a Rico, pero Gianni, ignorándola, había robado la daga azteca que Rico consideraba su más preciada posesión. Y al actuar así, Gianni había condicionado el futuro de Teresa.

—No supe que te habían robado la daga hasta que tú me lo dijiste.

—¿Por qué habría de creerte? La robó uno de tus hermanos.

—Lo sé —dijo Teresa, temblorosa.

Ver a Rico le resultaba mucho más doloroso de lo que había supuesto. Sobre todo cuando él la observaba con ojos rebosantes de ira, y sin atisbo de la pasión con la que la había mirado en el pasado.

—No puedo creer que sigamos casados, ni que estés dispuesto a llegar tan lejos para vengarte de mí.

—Deberías haber imaginado que te buscaría.

—Supongo que sí —Teresa miró a Rico a los ojos esperando encontrar… ¿Qué? ¿Amor, pasión?

Años atrás había encontrado en ellos todo lo que anhelaba. Pero aquellos días habían pasado y solo ella era culpable de haberse enamorado de él. Cuando sucedió, no debía haber mantenido su identidad secreta, ni escaparse sin al menos intentar darle una explicación. Pero no era posible reescribir el pasado. Nada le devolvería la magia de lo que había vivido con Rico, porque en sus ojos ya solo quedaba una fría distancia que la obligaba a ponerse a la defensiva.

–No comprendo tu insistencia, Rico. Había pensado que, dado como terminaron las cosas, habrías preferido perderme de vista.

–Me quistaste lo que era mío –se limitó a decir él con la frialdad de una esfinge.

Por una fracción de segundo el corazón de Teresa se detuvo al creer que se refería a ella, que la consideraba tan valiosa como para empeñarse en mantenerla atada a él legalmente. Pero cuando vio que sus ojos azules brillaban con desprecio, tuvo que aceptar la verdad: a Rico solo el importaba la daga. Cerró los ojos, tomó aire y dijo:

–No sabía que mi hermano fuera a robar la daga.

Rico rio.

–¿Crees que voy a creerte?

–Supongo que no. Pero quería que lo supieras.

–Decides actuar honestamente con cinco años de retraso –dijo Rico, encogiéndose de hombros–. Sois una familia muy astuta. Estoy seguro de que recurrirías a la verdad si eso te fuera de más ayuda que una mentira.

–Esto no tiene nada que ver con mi familia, sino conmigo –protestó Teresa–. Y estoy intentando explicarte lo que pasó.

–Muchas gracias –dijo Rico, sarcástico–. Ahora ya lo sé y no cambia nada.

Rico salió a la terraza y Teresa lo siguió.

–¿Cuánto tiempo planeas retenerme?

–Hasta que tu familia de ladrones me devuelva lo que me ha robado.

–¿Quieres decir que esto solo tiene que ver con la daga?

Rico la miró entonces fijamente.

–Ah, no. Es mucho más que eso.

La brisa le removió el cabello a Rico, que le llegaba hasta el cuello de la camisa. Sus ojos estaban velados por el desprecio.

Teresa se estremeció una vez más al recordar el calor con el que esos mismos ojos la habían observado en el pasado; cómo no podían dejar de tocarse; la insaciable pasión que los consumía. Pero el pasado era tan efímero como la brisa que soplaba y pasaba de largo.

–¿Qué es exactamente lo que quieres de mí?

–Te quiero a ti –dijo él, impasible.

–¿Qué? –preguntó convencida de que había oído mal.

–Quiero que permanezcas aquí –dijo Rico. Apoyándose relajadamente contra la barandilla y entrecruzando los tobillos, añadió–: En mi cama.

–¿Hablas en serio?

Teresa pensó que quizá se había equivocado. ¿Habría Rico evitado el divorcio porque todavía sentía algo por ella?

–Durante un mes –aclaró él, haciendo añicos los románticos pensamientos de Teresa.

–¿Qué quieres decir?

–Ya me has oído. Y tienes suerte de que no te exija cinco años –dijo Rico, ásperamente. Y continuó–: Permanecerás aquí un mes y compartirás mi cama como una buena esposa.

–No voy a permitir que me chantajees.

–Dormirás en mi cama y la próxima vez que tengamos relaciones serás tú quien las inicie –Rico sonrió sensualmente y añadió–: ¿Recuerdas el sexo entre nosotros…? –Rico hizo una pausa y, al ver a Teresa estremecerse, concluyó–: Por eso el chantaje no va a ser necesario.

Lo peor era que Rico tenía razón.

–Cuando al final del mes tu hermano devuelva la daga, te dejaré ir –continuó él–. Y no solo te concederé el divorcio, sino que te entregaré las pruebas que tengo contra la familia Coretti para que, si así lo decides, las destruyas.

Teresa estaba confusa. Las ideas se arremolinaban en su mente. Tenía que procesar la información y decidir cómo reaccionar. Pero una palabra destacaba entre las demás: destruir.

–¿De verdad me darías toda la información que tienes para que la destruya?

–Así es –Rico se encogió de hombros con indiferencia–. Sabes que no miento.

Teresa contuvo el impulso de reaccionar a la insinuación de que ella sí lo hacía, y se concentró en lo importante, que era la posibilidad de salvar a su familia. La cuestión era si Rico verdaderamente tenía las pruebas de las que hablaba o si solo se trataba de un farol.

–¿Cómo puedo saber que no mientes?

–Tal y como le has dicho a tu padre hace un rato, no acostumbro a mentir –Rico se separó de la barandilla–. Tengo la suficiente información como para que la policía los encierre una buena temporada.

Teresa sintió un nudo en el estómago. Rico no amenazaba en vano. Si amenazaba con vengarse, lo haría.

—Pretendes vengarte de mí…

—Desde luego —dijo Rico, sonriendo con frialdad—. ¿Pensabas que iba a declararte mi amor?

Teresa soltó una risa seca.

—Ya te he visto en las revistas rodeado de modelos y actrices. No me pareció que estuvieras llorando, la verdad.

Rico sonrió con desdén.

—¿Estás celosa?

—En absoluto.

Por supuesto que lo estaba. Rico la miró entrecerrando los ojos.

—¿Por qué habría de creer a una ladrona?

—No te he robado nada —protestó Teresa, cada vez más irritada.

—Pero tu familia sí, y eso te hace culpable.

Eso era verdad. Aunque nunca hubiera participado en ningún robo, era una Coretti.

—Pretendes vengarte de toda mi familia.

—No, Teresa —Rico se acercó y posó una mano en su mejilla con una delicadeza que contrastó con la frialdad de su mirada—. De tu familia solo quiero que me devuelva lo que es mío. De ti… el placer del que disfrutamos durante un mes.

Bastaron esas palabras para que Teresa sintiera una hoguera prender en su interior.

–¿Y si no quiero volver a mantener relaciones contigo? –preguntó–. ¿Me obligarías?

–Eres mi esposa y, como tal, tu lugar está en mi cama. Y ya te he dicho que no pretendo chantajearte. Pronto me estarás suplicando que te haga mía –dijo Rico con una sonrisa de superioridad–. Y yo estaré encantado de cumplir tus deseos. Piénsalo: un mes conmigo a cambio de que tu familia quede libre.

Los ojos de Teresa eran de un marrón dorado, tal y como Rico los recordaba. También identificaba su perfume, un suave aroma a flores y a noches de verano. Ansiaba tocarla, pero quiso creer que solo era por el deseo de ejecutar la venganza que llevaba tanto tiempo planeando.

Sin embargo, había algo más y lo sabía.

–¿Aceptas mis condiciones? –preguntó ansioso.

Era la única mujer que lo había obsesionado día y noche, y no solo porque lo hubiera traicionado. Ninguna otra mujer había despertado en él sentimientos tan intensos.

–¿Y bien? –preguntó, consiguiendo mantener el tono de indiferencia–. ¿Qué decides, Teresa? ¿Te quedas conmigo durante un mes o vas a visitar a tu familia a la cárcel?

Teresa alzó la barbilla y, mirándolo fijamente, musitó:

–Me quedo.

***

Teresa avanzó por el muelle hacia las rampas del embarcadero, donde la esperaban su padre y su hermano. Rico había dispuesto que la familia fuera trasladada a Saint Thomas, desde donde un avión los llevaría a Italia para que recuperaran la daga de la colección de Gianni. Afortunadamente, el hermano de Teresa, al contrario de lo que acostumbraban a hacer los Coretti con los objetos robados, no la había vendido, sino que la había incluido en una pequeña colección de objetos valiosos que conservaba. En el plazo de un mes, su familia devolvería la pieza y ella quedaría libre.

La brisa le agitó el cabello, y ella se lo retiró del rostro al tiempo que observaba a su familia.

Como de costumbre, su padre mantenía la calma, mientras que Paulo parecía agitado y caminaba arriba y abajo delante de él, gesticulando agitadamente. Aunque Teresa no podía oírlo, no le costó imaginar lo que decía. Estaba furioso, y aunque habría preferido evitarlo, pues en ese estado era temible, no tenía más opción que enfrentarse a ellos y trasmitirles el ultimátum de Rico.

—*Cara* —musitó su padre al verla—. ¿Vienes con nosotros?

—No, papa —dijo ella, conteniendo el impulso de refugiarse en sus brazos—. Tengo que quedarme.

—¿Cuánto tiempo? —preguntó Paulo.

—Un mes.

—¡Ni hablar!

Teresa miró a su hermano mayor y se estremeció al ver en su pose y en el brillo de sus ojos hasta qué punto estaba enfadado.

–Paulo, tu rabia no me ayuda nada.

–¿Qué pretendes, que me quede de brazos cruzados?

–Así es. No tenemos más remedio que aceptarlo –Teresa fue hasta Paulo y le dio un abrazo. En cuanto él la estrechó contra sí, se sintió mejor. Paulo y Gianni siempre habían cuidado de ella por ser la pequeña de la familia, además de chica. Por eso Paulo no podía soportar verla atrapada en una tela de araña de la que no podía liberarla.

–Lo queramos o no –dijo Teresa, mirando a su padre y a su hermano alternativamente–, Rico sigue siendo mi esposo.

–Eso parece, y me gustaría saber cómo es eso posible –masculló Paulo.

–Y a mí –apuntó su padre.

–Os lo contaré en cuanto me vaya de aquí –Teresa tomó aire y añadió precipitadamente–: Lo importante es que sepáis que Rico no me va a hacer ningún daño.

–Pero te secuestra.

–Paulo…

–Puedes intentar convencernos de lo que quieras, Teresa –dijo su hermano–, pero lo cierto es que nos está utilizando para volver a tenerte en su cama.

Teresa se mordió el labio y evitó mirar a su padre. Lo que su hermano no sabía eran los sentimientos encontrados que la situación le despertaba a ella. Rico quería su daga, pero ¿cabía la posibilidad de que quisiera también recuperarla a ella?

—Rico sabe que puede ir a por Gianni y recuperar la daga mañana mismo. Lo que pretende es atrapar a Teresa.

—No podemos permitirlo —dijo su padre con firmeza.

—Papa, estamos casados.

—Eso no le da permiso para...

Afortunadamente, su padre no concluyó la frase, porque Teresa ya no podía aguantar más tensión emocional. Además, conocía a Rico lo bastante bien como para saber que no cambiaría de idea. Miró a su hermano fijamente y dijo:

—Un mes. Y cuando devolváis la daga, me dejara ir, junto con las pruebas que ha reunido en vuestra contra.

Paulo se pasó la mano por el cabello con gesto de impaciencia.

—No voy a dejarte sola con él —dijo su padre con calma—. No pienso utilizar a mi niña para salvarme.

—Papá tiene razón —masculló Paulo—. Si tu ex quiere meternos en la cárcel, que lo haga.

A Teresa le emocionó que estuvieran dispuestos a sacrificarse, pero no pensaba consentirlo.

—No olvides que sigue siendo mi esposo.

Su padre la miró fijamente.

—Por poco tiempo —dijo con firmeza.

—Un mes, papá. Después te lo contaré todo. No os preocupéis, no corro peligro —dijo para tranquilizar a su familia–. Aunque Rico está enfadado, jamás me haría daño.

–Pero te retiene en contra de tu voluntad –señaló su padre.

–Si me quedo es porque así lo he decidido –dijo ella.

Su padre frunció el ceño y miró hacía la lancha que los trasladaría a Saint Thomas antes de volver la mirada hacia Teresa.

–Hemos intentado contactar con Gianni, pero no contesta el teléfono.

Teresa se preguntó dónde estaría su hermano en aquella ocasión. Llevaba un par de años ausentándose a menudo y actuando con una llamativa indiscreción.

–Esperad un mes, papá. Rico cumple su palabra.

–Esperaré –dijo Nick, mirando con severidad a su hijo, que mascullaba algo entre dientes–. Pero tienes que jurarme que quieres seguir adelante.

«Querer» no era la palabra más apropiada. Teresa no podía negar que deseaba a Rico. Pero de haber tenido elección, ¿habría estado dispuesta a permanecer junto a un hombre que obviamente la despreciaba? Probablemente, no. Pero no le quedaba otra opción.

–Estoy segura –dijo, esforzándose por sonar convincente.

–Sigue sin gustarme nada –farfulló Paulo.

–A mí tampoco –dijo su padre. Y acercándose a ella, la abrazó con fuerza unos segundos.

Después resopló con impaciencia y dijo a Paulo bruscamente:

—Recoge las maletas y llévalas a la lancha.

Dirigiendo una última mirada a su hermana, Paulo bajó al embarcadero con el equipaje.

—¿Estás segura de que no corres peligro?

—Completamente —mintió ella. Por supuesto que no temía que Rico le hiciera daño físicamente, pero la hería cada vez que la miraba con aquellos ojos rebosantes de odio.

—Debería haberte hecho caso y mantenerme alejado de ese tipo, *cara*. Te juro que en cuanto pase el mes, Rico King no será nada más que un mal recuerdo para todos nosotros.

Pero Rico nunca había sido un mal recuerdo para Teresa. Y ella sabía que después de un mes en su cama, jamás lograría arrancárselo de la mente.

Los vio subir en la lancha y siguió esta con la mirada hasta que se perdió en el horizonte. Entonces volvió la vista hacia el hotel, preguntándose qué clase de mazmorra le tendría reservada Rico.

Capítulo Tres

Media hora más tarde Teresa estaba en casa de Rico. Un edificio que este había construido en una zona elevada, próxima al hotel, con vistas al océano desde uno de sus lados y a un bosque desde el otro. Aunque llevaba casi un año viviendo en ella, hasta aquel día la había encontrado vacía. Sin embargo, con la presencia de Teresa, casi la encontraba abarrotada.

La observó mientras la recorría con paso indeciso, como si caminara por un campo de minas. El suelo de bambú resplandecía, las cortinas de lino blanco se mecían con la brisa que entraba por las ventanas abiertas, el canto de los pájaros se filtraba desde el exterior, proporcionando una banda sonora apacible y tranquila a una escena que no tenía ni una cosa ni otra.

Esperó a que dijera algo de lo sucedido cinco años antes, incluso que le suplicara que la dejara ir. Pero Teresa guardó silencio.

–¿Fue todo una mentira desde el principio? –preguntó él finalmente.

Teresa se volvió tan súbitamente que su melena flotó en el aire como una cortina de seda.

–¿Qué quieres que te diga?

Rico no lo tenía claro.

–Quiero saber la verdad, pero dudo que me la proporciones –dijo, mirándola fijamente.

–¿Para qué voy a molestarme si no vas a creerme?

Rico se mantenía a distancia porque no confiaba en sí mismo ni en la rabia que sentía. Era ella quien lo había puesto en aquella situación. Pero pronto ella misma le suplicaría que le hiciera el amor. Entonces él le haría saber lo que se había perdido por huir.

Ninguna otra persona le había llegado tan profundamente, tanto como para no dejar hueco a nadie más. Excepto su familia, claro. Los King eran siempre leales.

Pero desde Teresa, no había habido ninguna mujer en su vida; y su cuerpo clamaba por lo que se le negaba desde hacía tanto tiempo. Claro que había salido con mujeres y que había vuelto a la suite del hotel con alguna, pero ninguna había entrado en su casa ni en su cama.

Sabía bien la imagen que proyectaba, pero le daba lo mismo: el playboy millonario, en cuyos brazos caía una sucesión de bellezas. Pero ninguna de ellas dejaba mella en él ni compartía su cama.

–Inténtalo. Dime por qué.

–No cambiaría nada, Rico.

Teresa se encogió de hombros y salió a la terraza que se abría frente a la cama. Se apoyó en la barandilla y observó la playa de arena blanca, el mar azul verdoso y las palmeras.

–No puedo decirte nada, Rico.

–Podías haberme dicho muchas cosas hace cinco años.

Teresa resopló y sacudió la cabeza.

–¿Si te diera una explicación te sentirías mejor?

–Inténtalo –dijo Rico. Aunque lo dudaba.

–Está bien –dijo ella, cruzándose de brazos–. Me acosté contigo porque eras guapísimo, famoso y rico. ¿Qué chica podría resistirse a eso?

Rico se enfureció aun sabiendo que mentía. Actuaba con demasiada indiferencia como para ser sincera.

–Me alegro –dijo, caminando hacia Teresa a la vez que ella retrocedía–. Puesto que sigo siendo famoso y rico, no te costará pasar el próximo mes conmigo.

Percibió que Teresa palidecía antes de erguirse y cuadrarse de hombros.

–Estoy dispuesta a pagar mi deuda –miró hacia la cama y luego a Rico–. ¿Ahora?

Aunque Rico habría estado dispuesto a aceptar la oferta en aquel mismo instante, dijo:

–No –y le alegró ver que Teresa se desconcertaba–. Ya te he dicho que no negocio para conseguir sexo, Teresa. Cuando volvamos a estar juntos, será porque tú me lo pidas, no como pago a una deuda.

Teresa se ruborizó y Rico la encontró preciosa. Estaba seguro de que llegaría el momento en el que le suplicaría que le hiciera el amor.

–Han traído tus cosas desde el hotel –anunció.

–¿Aquí? ¿A tu casa?

–A mi dormitorio –Rico rectificó–: A nuestro dormitorio durante este mes.

Teresa apretó los labios como si contuviera las palabras que se le agolpaban en la garganta. Pero Rico decidió que le daba lo mismo, porque nada tenía importancia. Aun así, tenía una pregunta pendiente.

–Solo una pregunta más.

–¿Solo una?

–¿Habías planeado el robo con tu familia desde el principio?

–¿Serviría de algo que dijera que no?

–No –dijo Rico tras reflexionar unos segundos–. ¿Cómo puedo creer a un ladrón?

Al ver la mueca de dolor de Teresa, estuvo a punto de sentirse culpable. Pero solo a punto.

–Vístete. Nos vamos a cenar.

Teresa frunció el ceño.

–¿A cenar?

Su sorpresa demostró a Rico que la tomaba con las defensas bajadas.

–Estate lista en una hora.

Después de dejar a Teresa, Rico entró en la biblioteca, cerró la puerta y, sentándose tras el escritorio, tomó el teléfono y marcó un número.

–¿Hola?

Su primo Sean sonaba un poco tenso y Rico no pudo evitar sonreír.

–¿Te pillo en mal momento, Sean?

Este resopló.

–No, solo me estaba recuperando de mi último ataque al corazón. Mel ha tenido otra falsa alarma.

Rico no pudo evitar sonreír de oreja a oreja. Desde su boda con Melinda Stanford, Sean King era un hombre nuevo. Los dos se habrían reído imaginando a Sean como un devoto marido y padre en ciernes. Sin embargo, se había convertido en el perfecto hombre de familia. Y puesto que Melinda estaba a punto de dar a luz, el nivel de ansiedad de Sean se había disparado.

Rico oyó a Melinda reír al fondo y a Herman, el perro, ladrar. Pronto tendrían un hijo y serían aún más felices. Era difícil no sentir cierta envidia.

–Eres un hombre afortunado –dijo Rico.

–Sí, y Melinda no permite que lo olvide –dijo Sean, riendo–. Cuéntame, ¿qué pasa?

Dentro de la familia King era imposible mantener un secreto, así que tanto los hermanos Rico como sus primos, sabían lo de la boda con Teresa y que el divorcio nunca se había registrado. De hecho, con todos los King que vivían distribuidos por Europa, Rico había contado con innumerables detectives gratuitos, atentos a la posible aparición de Teresa.

La familia King estaba muy unida. Y desde que Sean, con King Construction, había coordinado la construcción del hotel y de la casa de Rico, para finalmente quedarse a vivir en Tesoro y casarse con Melinda, los dos primos estaban muy unidos. Habían pasado numerosas noches tomando copas, charlando sobre el trabajo y la familia y sobre lo que Rico haría si alguna vez se reencontraba con Teresa Coretti King.

Y puesto que ese momento había llegado, Rico sentía la necesidad de contárselo a Sean. Tomando aire, dijo:

—Está aquí.

—¿Quién?

—Teresa.

Se produjo un silenció durante el que Rico imaginó a Sean tan perplejo como él lo había estado unas horas antes. Tomó un bolígrafo y se lo pasó entre los dedos.

—¿Estás de broma? —preguntó Sean, elevando la voz. Luego cambió el tono y le oyó decir a Melinda—: Ha aparecido la mujer de Rico —volvió a oírse su voz con nitidez en el auricular—: ¿Se ha presentado en el hotel?

—Sí, pero con su padre y su hermano, que están aquí para lo que tú sabes.

—¡Vaya! ¿Han robado a los huéspedes?

—Sí —Serenity James no localizaba un collar y algunos otros denunciaron pérdidas. Solo recordarlo enfurecía a Rico. Como era lógico, había obligado a los Coretti a devolver las piezas, pero el mero hecho de que los robos se hubieran producido, lo sacaba de sí—. Pero han devuelto las joyas antes de marcharse.

—Supongo que quieres decir antes de que los echaras de la isla.

43

–Así es.

–Y no has llamado a la policía porque…

–Porque llegué a un acuerdo con Teresa.

–Dios mío, estoy ansioso por oírlo.

Rico soltó el bolígrafo y lo vio rodar por la superficie del escritorio. Se reclinó sobre el respaldo del asiento y, tras resumir su plan, esperó la reacción de Sean, que no tardó en llegar.

–Así que la has tomado prisionera –un grito de Melinda hizo que Sean aclarara–: Ya lo sé, Mel, estoy intentando averiguarlo –entonces preguntó–: ¿Y dónde está ahora?

–En mi dormitorio.

–Pero Rico, estás…

–Sigue siendo mi esposa, Sean –Rico estaba preparado para la batalla. Había hablado numerosas veces con su primo de la frustración que sentía. Pero llegado el momento en el que tenía la venganza a mano, Rico se sentía… culpable. Por eso había llamado a su primo: para que lo reforzara. Pero no parecía que ese fuera el caso.

–Es tu esposa, pero no la has visto en cinco años.

–No hace falta que me lo recuerdes –dijo Rico con impaciencia.

–¿Y qué piensas hacer? ¿Encerrarla? –preguntó Sean–. ¿Encadenarla a la cama?

–No me lo había planteado, pero…

Se puso en pie bruscamente y recorrió la habitación. Incluso allí sentía la presencia de Teresa, y tuvo que contenerse para no ir en su busca.

Sean suspiró.

–¿Cuál es el plan?

–Ya te lo he dicho –dijo Rico, deteniéndose ante el ventanal con vistas a un inmaculado césped–. Pasará aquí un mes, y cuando su familia devuelva la daga, le concederé él divorcio.

–Y hasta entonces, ¿qué vas a hacer con ella?

Rico sabía lo que habría querido hacer, pero habría tiempo para todo. Su esposa no iría a ninguna parte durante todo un mes. Y en ese tiempo él lograría saciarse de ella y olvidarla para siempre.

–Por ahora, vamos a cenar en el hotel.

Sean dejó escapar una risa seca.

–Sí, claro. Reaparece tu mujer después de cinco años y tú pospones la venganza para salir a cenar con ella.

–No es una cita romántica –dijo Rico, frunciendo el ceño.

–¿Ah, no? ¿Qué es?

–Una cena –Rico dio un golpe a la pared junto a la ventana–. No estoy intentando seducirla ni cortejarla. Tenemos que comer y no quiero perderla de vista. No te inventes lo que no hay, Sean.

–Vale, vale. No es una cita, solo juegos preliminares a la venganza. Ya veo que lo tienes todo planeado –dijo Sean en tono de sorna–. Prepárate.

–¿Para qué?

–Para cuando el plan te estalle entre las manos.

***

Teresa estaba hecha un manojo de nervios. La sola presencia de Rico la alteraba y la expectación de lo que pasaría a continuación estaba volviéndola loca, especialmente porque no tenía ni idea de lo que a él le pasaba por la mente.

Le había roto el corazón y llevaba todo aquel tiempo intentando recomponerlo y olvidar que había huido de un hombre que la amaba. Volver a verlo solo podría abrir la herida, y cuando acabara el mes, todos sus sueños quedarían hechos añicos y cualquier esperanza, muerta.

Por eso mismo se planteaba tomarse el mes en lugar de como un castigo, tal y como Rico pretendía, como una oportunidad de acumular recuerdos con los que sobrevivir en el futuro.

El hombre al que había amado desesperadamente la deseaba, pero solo para vengarse.

Se abrió la puerta del dormitorio y, al volverse, vio al hombre que le quitaba el aliento. Vestido completamente de negro resultaba... peligroso.

–Me alegro de que estés lista. Nos vamos –Rico se irguió y fue hacia la entrada.

Teresa se echó una última ojeada en el espejo. Llevaba un vestido limón pálido con tirantes estrechos y un profundo escote en la espalda. Tenía el cabello recogido y los rizos le caían por la espalda y se enredaban con los aros de oro que llevaba de pendientes. Estaba guapa, y lo sabía.

Sin embargo, Rico apenas parecía haberse fijado, porque no significaba nada para él.

Y, constatarlo, era doloroso.

Una vez llegaron al hotel, Rico fue con paso firme al comedor sin quitar la mano de la espalda de Teresa, como si temiera que se escapara. Pero sentir su piel bajo la mano hizo que un intenso calor se le propagara por el brazo hacia el pecho y luego a la ingle, hasta que caminar le resultó casi doloroso. El escote de la espalda del vestido dejaba a la vista su suave piel de tono dorado y le despertaba la tentación de deslizar la mano hacia abajo, hasta alcanzar la curva de su trasero. Y al llegar a ese punto, la imaginación de Rico se disparó hasta que creyó perder la cabeza.

«Eres tonto», se dijo. «Se supone que estás castigándola y eres tú el que se tortura». Aquel mes tenía visos de convertirse en una agonía.

Mientras esperaban a que el *maître* los acompañara a su mesa, Rico deslizó la mirada por la sala. Manteles negros, velas sobre las mesas, cuyas llamas eran mecidas por la brisa que penetraba desde las ventanas abiertas, y que arrastraba el perfume de las flores del exterior. Las conversaciones sosegadas, el entrechocar de cristal y la música clásica que flotaba en el aire, todo ello contribuía a convertir el comedor del Tesoro en un elegante santuario. Los camareros operaban con sigilo y eficacia. Se oía el descorchar del champán, se servían los mejores vinos y la mejor comida del mundo. Rico lo había creado con la visión de construir un refugio sensual, un lugar en el que la realidad quedara en suspenso y los sueños se hicieran realidad; donde las fantasías cobraran vida.

En aquel instante, él mismo se sentía en una fantasía.

Notó las miradas furtivas que los hombres dirigían a Teresa a su paso, y los comprendía, porque Teresa no solo era hermosa, sino que había algo en su ademán que la dotaba de un aura especial.

El reservado al fondo de la sala permitía ver esta en su totalidad, y sin embargo, proporcionaba intimidad. Era su mesa. Percibió el escalofrío de Teresa al adentrase en la penumbra y sonrió. Le encantaba desconcertarla. Sentir que Teresa estaba nerviosa, calmó su rabia y deseo.

Teresa sonrió al *maître* y se deslizó por el asiento de cuero rojo.

–Champán –ordenó Rico, cuyo corazón dio un brinco al ver la sonrisa de Teresa–. Estamos de celebración –Rico apoyó el brazo en el respaldo –. Después de todo, han sido cinco años. Debemos celebrar este encuentro.

Teresa soltó una risita con la que no logró ocultar su ansiedad.

–¿Llamas a esto un encuentro?

Un camarero llegó y, tras abrir la botella de champán, sirvió dos copas y desapareció.

Teresa dio un trago, se reclinó sobre el respaldo, cerró los ojos y suspiró.

El dulce sonido atravesó a Rico como un tiro. Tenía el cuerpo rígido, y tuvo que mantener la mente concentrada en la traición de Teresa para no caer atrapado una vez más en su red. Ya lo había experimentado en una ocasión y no pasaría por ello de nuevo.

–Me sorprende que tu padre haya aceptado el acuerdo.

Teresa abrió los ojos y lo miró.

–¿Creías que lo rechazaría?

–No tengo ni idea de cómo piensa un ladrón –dijo Rico, encogiéndose de hombros.

Teresa espiró bruscamente.

–¿Piensas usar ese palabra todo el mes?

–¿No te parece adecuada? –Rico dio un sorbo al champán y dejó que las burbujas se le deslizaran por la garganta. Los ojos le brillaban bajo la luz de la vela–. De no ser por la profesión de tu familia, no estaríamos aquí.

–¿Y no piensas dejar que lo olvide?

–¿Por qué iba a hacerlo? –Rico dejó la copa sobre la mesa sin dejar de mirar a Teresa fijamente. Era él quien había sido engañado, al que habían robado. ¿Cómo se atrevía a actuar como si fuera la ofendida?–. ¿No te gusta la palabra ladrón? ¿Prefieres criminal, caco, ratero?

Teresa deslizó los dedos arriba y abajo del pie de la copa. Rico los imagino recorriéndole el cuerpo y tuvo que hacer una esfuerzo sobrehumano para no sentarla a horcajadas sobre su ingle y hacerle sentir el efecto que tenía en su cuerpo.

Aquel mes iba a satisfacer su venganza o iba a matarlo.

–Los Coretti llevan dedicándose a esto desde hace generaciones.

Aquellas palabras fueron como un vaso de agua helada.

–¿Y eso hace que esté bien?

–Yo no he dicho eso.

–Me usaste para facilitar el trabajo a tu familia, y cuando estuvo hecho, me dejaste.

La mirada de Teresa se dulcificó y se endureció sin transición, como si estuviera decidía a ocultar lo que había causado aquella momentánea debilidad.

–Ya te he dicho que no tenía ni idea de que fueran a robar la daga–. Entonces alzó la barbilla y lo miró a los ojos–. Si crees que me resultó fácil dejarte, estás loco.

–Fácil o no, lo hiciste –dijo Rico, a la vez que sentía despertar la furia en su interior–. Nunca me habían utilizado antes ni lo han hecho después. Por eso eres tan especial, Teresa. Y no pienso parar hasta recuperar lo que me pertenece y tú pagues por lo que hiciste.

–Ya he pagado –dijo ella con un hilo de voz–. He pagado durante cinco años, Rico. Pero está claro que da lo mismo lo que diga, porque no vas a creerme.

–Es lo malo de ser una mentirosa.

Al estar a su lado, volvía a sentir un calor sexual, pero ni siquiera eso bastaba para derretir el helador recuerdo de su traición.

–Si es así, ¿qué hacemos aquí? –preguntó Teresa tras una prolongada pausa–. Si no quieres hablar, ni que te dé mi versión de los hechos, ¿por qué no me has encerrado en el dormitorio?

Era una buena pregunta, pero Rico no iba a darle la respuesta. Necesitaba tiempo para digerir lo que estaba pasando, para decir cómo reconducir la situación y conseguir dominar el deseo sexual que Teresa le despertaba, porque no podía permitir que le nublara la mente.

–Teníamos que comer –dijo con aspereza.

–Muy bien. Pues comamos –Teresa bebió champán y suspiró profundamente–. Espero que luego me digas que esperas de mí en este mes.

El cuerpo de Rico reaccionó.

–Creo que ya lo sabes.

–¿Qué pasa, no tienes suficiente con las modelos y actrices que te rodean?

Rico enarcó una ceja.

–Mi vida privada no es de tu incumbencia –dijo él, malhumorado. Teresa no tenía derecho a juzgarlo cuando había sido ella la que lo había abandonado. Le daba lo mismo lo que pensara. ¿O no?

–Tienes razón. Pero contesta una pregunta: ¿por qué te tomaste el trabajo de enviarme un acuerdo de divorcio falso en lugar de dejarme ir?

Rico asió la copa con fuerza.

–Huiste de mí –dijo en un tono calmado, y le alegró intuir un brillo en los ojos de Teresa que interpretó como vergüenza–. Recuerda que soy un King y que no perdemos nunca.

Teresa suspiró trémulamente.

–Así que se trata de un juego, de una competición. Solo podré irme cuando tú lo decidas.

–Si es un juego, fuiste tú quien lo empezó –le recordó él–. Aunque vaya a ganarlo yo.

–Te equivocas –dijo ella con tristeza–. No va a ganar nadie.

Rico sintió que se le encogía el corazón al pensar que Teresa podía tener razón. Cuando el plazo se cumpliera, probablemente no habría ningún vencedor. Solo supervivientes.

–¿Interrumpimos?

Rico reconoció la voz. Con gesto contrariado, se volvió hacia el hombre que estaba junto a la mesa y lanzó una mirada reprobadora a su primo Sean. Luego sonrió a su encantadora y embarazada esposa.

–¿Serviría de algo que dijera que sí? –preguntó Rico.

–No –dijo Sean.

–Sí –contestó Melinda simultáneamente, al tiempo que tiraba del brazo de su marido y decía a Teresa, disculpándose–: Lo siento, pero estaba deseando salir de casa.

Sean llevaba pantalones beis y una camisa blanca. Melinda vestía una falda larga y un blusón que le resaltaba el embarazo, y llevaba el cabello recogido en una coleta. Sus ojos azules reflejaban cansancio.

–Como has dicho que salíais a cenar, hemos pensado que podríamos unirnos a vosotros –dijo Sean, ignorando a Rico y ayudando a Melinda a sentarse antes de ocupar el asiento frente a su primo–. –¡Vaya, champán! –exclamó Sean al ver la botella. E hizo una señal a un camarero para que le llevara una copa. Pensando en su mujer, pidió también una botella de agua.

Rico se resignó y, por respeto a Melinda, decidió no ser un grosero. Miró a Teresa y dijo:

–Te presento a mi primo, Sean King, y a su preciosa mujer, Melinda Stanford King.

–¿Stanford? –preguntó Teresa–. ¿Estás relacionada con Walter Stanford, el dueño de la isla?

–Es mi abuelo.

Rico la observó con curiosidad mientras las dos mujeres charlaban, y se preguntó si Teresa se habría documentado para informar a su familia o porque intentaba localizarlo.

Teresa rio por algo que Melinda dijo, y el delicioso sonido lo envolvió como una cálida manta. En aquel momento no podía verla como una traidora, sino como una mujer tan seductora que cortaba el aliento. Notar que la presión de su pecho se aligeraba, lo alivió. Quizá no había sido tan mala idea la irrupción de su primo para diluir la tensión. Al menos mientras cenaban. No dudaba de que volvería en cuanto estuvieran a solas.

–¿Qué hay de nuevo? –preguntó Sean mientras el camarero servía agua a Melinda.

Rico le lanzó una mirada furibunda. El sentido del humor de su primo podía ser extremadamente irritante.

–Eso mismo iba a preguntarte yo –dijo–. Cuando hemos hablado estabas viendo un partido, ¿cómo es que te has animado a salir?

–Estaba siendo muy aburrido –Sean bebió champán y luego indicó a su mujer con la cabeza–. Además, Mel estaba inquieta y he pensado que le sentaría bien dar una vuelta.

–Vamos, Sean –dijo ella, riendo–. Tú estabas mucho más inquieto que yo. Me estabas volviendo loca.

–Puede ser –dijo él, pasándole el brazo por los hombros.

Sacudiendo la cabeza, Melinda se dirigió a Teresa.

–Sean me ha dicho que has pasado varios años en Europa. ¿A qué te dedicas?

Rico esperó la respuesta con curiosidad. Cuando la conoció, era una de las chefs del hotel de Cancún. ¿Habría conservado su amor por la cocina o aquello solo era una tapadera para entrar en contacto con él?

Teresa lo miró brevemente, como si adivinara lo que estaba pensando.

–Soy chef. He estado trabajando en distintos restaurantes –le explicó a Melinda.

–¿Sin domicilio fijo? –preguntó esta.

–Sí –dijo Teresa con otra mirada a Rico–. Me muevo mucho.

Rico concluyó que así evitaba ser descubierta.

–¡Suena genial! –dijo Melinda–. A mí me encanta estar en la isla y me cuesta imaginar vivir en cualquier otro sitio –tomó la mano a Sean–. Pero

54

también me encanta viajar, así que te envidio. En cambio, no me identifico con lo de chef. Cocino fatal.

–Eso es verdad –dijo Sean–. La semana pasada hizo unos tacos que ni siquiera el perro quiso comerse.

–Gracias –dijo Melinda con retintín. Sean le dio un beso.

–No me casé contigo por tus habilidades culinarias –dijo, sonriente–. Podemos contratar cocineros.

–Menos mal, o nos moriríamos de hambre –dijo Melinda–. Aunque ahora mismo estoy tan gorda que se nota que no paso hambre.

–Estás guapísima –comentó Teresa.

–Lo mismo le digo yo –dijo Rico, sonriendo a la mujer de su primo–. Una mujer embarazada está siempre hermosa.

–Y gorda –insistió Melinda.

–¿Para cuándo lo esperas?

–Oficialmente, dentro de una semana –Melinda se removió en el asiento–. Pero tal y como me siento, yo diría que cualquier día.

Sean se estremeció.

–No digas eso. Por lo menos espera a que estemos en casa.

Melinda le dio una palmadita en la mano.

–Sean ha ensayado el recorrido de casa al hospital al menos cinco veces.

Rico rio y Sean lo miró enfurruñado.

–El hospital está a diez minutos –dijo Melinda.

–Pero podría haber tráfico –se defendió este.

–¿En Tesoro? –Rico sacudió al cabeza–. Aunque estuvieras en el extremo opuesto de la isla, no tardarías más de veinte minutos en llegar.

–Vale, vale –Sean rellenó el vaso de Melinda con agua y su copa con champán–. Espera a que tu mujer se quede embarazada. Ya veremos entonces si te parece tan divertido.

Se produjo un tenso silencio. Teresa hizo una mueca, Melinda golpeó al mano de Sean y Rico le frunció el ceño.

–Va a ser una noche muy larga.

Capítulo Cuatro

«Va a ser una noche muy larga».

La frase de Sean King resonaba en los oídos de Teresa mientras esperaba a Rico en su dormitorio, horas más tarde.

Rico había prometido que solo pasaría algo si ella tomaba la iniciativa. Y Teresa no sabía qué hacer. A pesar de la tensión, estaba excitada. Lo cierto era que él era el único hombre que la excitaba con una sola mirada. Tenía que reconocer, aunque solo fuera a sí misma, que la idea de acostarse con él hacía que el cuerpo le ardiera de anticipación.

Había pasado tanto tiempo desde la última vez que la había tocado… tanto desde que se había deslizado en su interior. Las imágenes que la bombardeaban hicieron que las piernas le temblaran tan violentamente que tuvo que apoyarse en la silla más próxima. Respiró profundamente y exhaló lentamente para calmarse. Pero no sirvió de nada.

Había una mesa sobre la que había una jarra con limonada. Teresa se sirvió un vaso y lo bebió con fruición, confiando en que le saciara la sed. Pero no sirvió de nada. Lo suyo no era un problema de sed, sino de ansiedad.

Odiaba admitir la verdad, odiaba que su cuerpo y su corazón fueran tan vulnerables a Rico aun después de cinco años.

Cuando lo conoció, Rico fue amable y acogedor y, sin transición, como si los acontecimientos se sucedieran por sí mismos, habían mantenido un apasionado romance y se habían casado. Y Teresa no había tenido nada que objetar porque tenía la sensación de que era el destino quien actuaba. Por primera vez había amado plenamente, y había confiado en que fuera para siempre.

Pero aquella calidez había desaparecido, sustituida por una heladora frialdad y un pálido brillo en sus ojos azules. Y Teresa sabía que solo ella tenía la culpa.

—¿Dónde se habrá metido? —masculló, como si oyendo su propia voz pudiera ahuyentar el miedo—. ¿A qué espera?

¿Por qué no entraba en la habitación y conseguía que le suplicara que la hiciera suya?

Se puso en pie. No estaba dispuesta a participar en aquel juego. No iba a seguir esperando sentada, permitiendo que la angustia la fuera corroyendo. Estaba segura de que Rico sabía por lo que la estaba haciendo pasar.

—¿Acaso tienes otra opción? —musitó—. ¿Adónde vas a ir si huyes? ¿No ves que estás en una isla?

En cualquier caso, no habría huido. Ya había cometido ese error en una ocasión, y solo los estúpidos repetían sus errores una y otra vez.

Mascullando y refunfuñando, a la vez que intentaba dominar la inquietud, Teresa salió a la terraza. El perfume de las flores la rodeó y el murmullo de las hojas de los árboles mecidas por la brisa, sonó con placidez. Al fondo, el mar alcanzaba la orilla en un arrullo, y la luz de la luna se reflejaba sobre la cambiante y oscura superficie del agua. Era un escenario de ensueño. Pero Teresa estaba demasiado tensa como para disfrutarlo plenamente.

–¿Planeando huir? –preguntó Rico a su espalda. Teresa se volvió rápidamente y él continuó–: Esta vez no tienes adónde ir hasta que yo te lo permita, Teresa.

A contraluz, vestido de negro, con el rostro en penumbra, parecía un emisario del infierno... Pero Teresa sabía que no lo era. Ningún fantasma podía irradiar el calor que ella podía percibir, incluso a varios metros de distancia.

–No tenía intención de huir –consiguió decir–. Solo estaba esperando.

–¿A qué? –Rico salió a la terraza. Sus ojos brillaban en la oscuridad, pero sus labios se apretaban en un tenso rictus y su cuerpo no transmitía la menor tranquilidad.

–A que vinieras. Lo sabes perfectamente –dijo ella–. Llevo sola dos horas. ¿Disfrutas haciéndome esperar?

–¿Disfrutar? –Rico se aproximó tanto que ella retrocedió, pero la barandilla se le clavó en la espalda, frenándola–. ¿De verdad crees que disfruto con esto?

–Creo que lo estás pasando en grande –dijo

ella, dejando que el temperamento italiano que había heredado de sus padres aflorara–. Aunque has tenido que esperar cinco años, por fin puedes vengarte de mí.

–¿Y te sorprende?

Teresa lo pensó. En las pocas ocasiones en la que se había permitido imaginar un encuentro con Rico, no se había planteado qué se dirían. Sus pensamientos se habían dirigido a las fantasías sexuales que seguían asediándola. En sus sueños, Rico y ella no perdían el tiempo hablando. Pero estaba descubriendo que la realidad era mucho más cruda.

Miró a Rico a los ojos, consciente de que no tenía derecho a estar enfadada. Aunque estaba irritada, su enfado se iba diluyendo. Después de todo, ella tenía la culpa. Ella le había mentido y sus mentiras eran la razón de aquel reencuentro.

–No, supongo que no.

–¿Por qué has venido a Tesoro, Teresa?

Teresa se retiró el cabello de la cara antes de contestar.

–Cuando supe que mi padre y mi hermano estaban aquí, decidí intentar que se fueran antes de que los descubrieras. Eso es todo.

–No te creo –Rico dio un paso más hacia ella, pero Teresa no podía moverse. Le colocó las manos a ambos lados de su cuerpo, atrapándola, y entonces se inclinó hacia adelante, clavando los ojos en ella. Teresa no encontró en ellos ni rastro del calor y la pasión con la que solían mirarla; solo hielo y rabia. Rico continuó–: Creo que has venido porque deseabas que te encontrara, porque no podías seguir alejada de mí.

–Te equivocas –Teresa sacudió la cabeza para negarlo. Para que eso fuera cierto, ella tendría que ser la persona más estúpida del universo.

–¿Estás segura? –dijo él, bajando la voz hasta convertirla en un íntimo susurro–. Podrías haber llamado a tu padre y aconsejarle que se marchara. Pero optaste por venir.

Eso era verdad. Podría haber localizado a su familia desde la seguridad de su apartamento en Nápoles. Sí, se había dicho que no la escucharían, que tendría que convencerlos en persona. Pero, ¿tendría razón Rico? ¿Ansiaba tanto estar con él que ella misma se había metido en la boca del lobo?

Teresa rezó para que no fuera así, porque eso solo podía significar que sus sentimientos hacia él eran demasiado profundos.

–Piénsalo, Teresa –dijo Rico, sus labios a unos centímetros de los de ella–. Tú has venido hasta mí. Y ahora que te tengo...

Teresa sintió las entrañas arder, la garganta seca, la respiración aprisionada en el pecho. La ironía era que la venganza de Rico, mantenerla un mes a su lado hasta que le suplicara que le hiciera el amor, era la fantasía que la dominaba desde que se había separado de él. El castigo real sería cuando transcurriera el plazo y le otorgara el divorcio que ella había creído tener desde hacía años.

Rico le rozó los labios con los suyos. Una vez.

Otra. Fue el mínimo contacto, pero bastó para que estallaran en su interior fuegos artificiales. Teresa se estremeció y Rico dio un paso atrás, separándose de ella.

–Ahora que te tengo –repitió–, vamos a hacer las cosas a mi manera.

–¿Cuál es tu manera, Rico?

–Pronto lo averiguarás –fue hacia el dormitorio–. Vamos. Es tarde y estoy cansado.

Teresa seguía esforzándose por respirar mientras lo observaba. Tenía el corazón desbocado y se sentía dolorida y caliente. Un leve beso la había reducido a aquel estado mientras que Rico permanecía impertérrito.

Ella estaba sumida en una total confusión y él se sentía… ¿cansado?

Suspiró profundamente y siguió a Rico lentamente. Cualquiera que fueran los planes que tenían para ella, no iban a desvelarse aquella noche. Así que tendría que acostumbrarse a tener los nervios a flor de piel y las hormonas revolucionadas.

Durante los siguientes días, Rico se comportó como un hombre aferrado a un cable de alta tensión. Su cuerpo parecía electrizado. Saltaba por cualquier cosa. Y su excitación alcanzó tal grado que se planteó si era posible morir de deseo.

El plan original había sido mantener a Teresa a su lado permanentemente. Y aprovechar cualquier oportunidad para tocarla y besarla, hasta hacerla enloquecer y suplicarle que le hiciera el amor. Pero las tornas habían girado y era él quien sufría las consecuencias de su proximidad.

Entró en el bar tropical y miró a la gente reunida bajo las sombrillas de colores. A poca distancia, las olas alcanzaban la orilla dejando una huella de espuma en su retirada. Los surfistas surcaban las olas y bronceadas bellezas disfrutaban del sol en hamacas azules que parecían zafiros contra la blanca arena. En el bar había un murmullo de conversaciones y risas animadas, y el alcohol corría con tanta libertad como el mar.

Buscó entre las caras hasta localizar la que le interesaba. Teresa estaba tras la barra, ayudando a servir copas a Teddy, el camarero. Rico no supo por qué, pero le irritó que estuviera ayudando. Se suponía que debía estar angustiada. Sin embargo, sus ojos brillaban y sonreía animadamente. Y cuando dejó escapar una carcajada al oír algo que dijo un cliente, Rico sintió una opresión en el pecho.

Al ir hacia ella, alguien lo detuvo, sujetándolo del brazo. Se trataba de Serenity James, el último capricho de Hollywood que para Rico representaba una incomodidad, y que le sonreía coqueta.

Se echó el cabello castaño hacia atrás para que sus pechos, con toda seguridad operados, quedaran expuestos en el mínimo biquini que llevaba.

–Rico, estaba deseando verte –dijo con una voz susurrante que prometía sexo entre sábanas de seda–. Quería darte las gracias por haber encontrado los diamantes.

Se trataba de los diamantes que llevaba en aquel momento. Era evidente que la joven actriz consideraba que la playa exigía accesorios de más de medio millón de dólares. Las piedras brillaban contra su piel tostada, y Serenity las recorrió con los dedos como si quisiera asegurarse de que seguían en su sitio.

–Ha sido un placer –dijo Rico cortésmente a pesar de su impaciencia.

Miró a Teresa, que seguían riendo con el cliente. No era la primera vez que le veía a ayudar al personal. Aquel día, en el bar; el día anterior, resolviendo una crisis en la cocina; otro, la había encontrado echando una mano a una de las doncellas a la que un cliente borracho le había volcado el carrito.

Teresa estaba conquistando a toda la isla. Incluidos Sean y Melinda. Rico sabía que Mel y Teresa se habían visto en varias ocasiones desde la cena del primer día. Según Sean, Teresa era maravillosa y contribuía a que Melinda se relajara y no pensara en las dificultades del parto.

Estaba ganándose las mentes y los corazones de todos. Y a él lo estaba volviendo loco. Su plan no tenía ningún éxito y el tiempo transcurría sin pausa. Entretanto, él estaba atrapado por la frívola actriz que le sonreía como si quisiera devorarlo. Pero desde que conocía a Teresa, no le había interesado ninguna otra mujer.

Apretó los dientes y se concentró en librarse de Serenity.

—Como huésped en mi hotel, eres mi prioridad, Serenity. Queremos que seas feliz en la isla.

—Es lo más agradable que he oído en todo el día —Serenity entrelazó el brazo con el de él y lo dirigió hacia su mesa—. Tómate una copa conmigo para que pueda darte las gracias como mereces.

Rico consiguió disimular su contrariedad tras una sonrisa profesional, sabiendo que no tenía más remedio que acceder. Estaba acostumbrado a relacionarse con los ricos y caprichosos, lo que en ocasiones significaba olvidarse de los deseos propios para satisfacer los de sus huéspedes. Además, Teresa no iba a ir a ninguna parte.

Se sentó junto a la actriz y mientras Serenity hablaba de su última película y le preguntaba dónde encontrar «algo de acción» en la isla, Rico desvió la atención hacia la mujer morena que estaba detrás de la barra.

Llevaban tres días compartiendo su casa, su dormitorio, su cama. Cada noche tenía que hacer un esfuerzo sobrehumano para permanecer echado a su lado y no tocarla mientras su cuerpo y su mente clamaban por perderse en ella. La tensión que se le acumulaba en el vientre era tal que no sabía ni cómo podía dormir, pero finalmente lo conseguía. Entonces se despertaba y encontraba a Teresa acurrucada contra él, con un brazo sobre su pecho. Su aroma le llenaba los pulmones y convertía el despertar en una mezcla de placer y agonía.

Aunque se quedaba dormida aferrándose al borde de la cama como si fuera la última hoja de otoño asida a una rama, cada mañana se pegaba a él. Teresa no estaba padeciendo con su plan. Él, sí.

Serenity le acarició el dorso de la mano con sus uñas rojas, pero en lugar de resultar seductora, tal y como debía pretender, solo consiguió irritar aún más a Rico. Este retiró la mano y, sonriendo, dijo:

—Si podemos hacer algo para que tengas una estancia placentera, dínoslo.

Los ojos verdes de Serenity se iluminaron.

—Ahora que lo dices —dijo ella en un ronroneo—, ¿por qué no vamos a la cabaña y organizamos una fiesta privada? Podríamos conocernos un poco mejor y…

Antes de que pudiera contestar, la voz de Teresa llegó desde detrás de Rico.

—¿Una fiesta privada? —preguntó al tiempo que se sentaba en el brazo de la silla de Rico y se estrechaba contra él, rodeándole el cuello.

Sorprendido por su comportamiento, Rico guardó silencio.

—¿No deberías estar detrás de la barra, sirviendo copas? —preguntó Serenity con frialdad, mirando despectivamente a Teresa de arriba abajo y estudiando su camiseta holgada, los shorts y las chancletas.

—Soy mucho más que una camarera.

Rico se estaba divirtiendo. Teresa le acarició el hombro, luego llevó una mano a su nuca, donde enredó los dedos en su cabello y se lo acarició con lentitud. Se le puso la carne de gallina y la sangre se le acumuló en la ingle.

—Y ahora, si no te importa —continuó Teresa, dedicando una dulce sonrisa a Serenity–, mi marido y yo tenemos planes.

–¿Tu marido? –Serenity los miró de hito en hito–. ¿Estás casado?

Rico apretó los dientes. Serenity había alzado la voz lo bastante como para que lo oyeran las mesas vecinas. Nunca habían hecho público su matrimonio porque Teresa había huido antes de que les diera tiempo a anunciarlo. Gracias a Serenity, eso acababa de cambiar.

–Vaya –dijo Serenity sin ocultar su desilusión–, podías habérmelo dicho.

Se levantó con un resoplido y, proyectando sus pechos como si quisiera que Rico viera lo que se estaba perdiendo, dio media vuelta y salió, contoneándose ostensiblemente.

En cuanto desapareció, Teresa hizo ademán de levantarse, pero Rico la tomó por la cintura y la sentó en su regazo. Su sexi trasero se acomodó en su ingle y Rico descubrió que la incomodidad física podía alcanzar niveles insoportables. Aunque con un gruñido, la mantuvo allí. Sí, le dolía, pero también le despertaba anhelo y hambre. Teresa se removió para intentar levantarse, pero con ello solo consiguió avivar las llamas que quemaban a Rico.

–Deja que me levante –dijo ella en un susurró–. Nos están mirando.

–Tú tienes la culpa por haberte restregado contra mí –dijo él.

–Eso no… –Teresa se interrumpió–. Bueno, sí.

–La cuestión es, ¿por qué? –preguntó Rico.

Teresa le miró a los ojos, pensativa. Tras un prolongado silencio, apartó la mirada y masculló:

–Me ha parecido que querías que te rescataran.

–Ah –dijo él con una sonrisa socarrona. Sabía que Teresa mentía, y que si había acudido era por otros motivos. Quizá su plan empezaba a tener efecto–. Una mentira más. Por cierto, se te dan muy bien, pero tienes que perfeccionar el estilo.

–Si me he equivocado y no querías que te salvara de esa boba, lo siento.

Rico sonrió, satisfecho.

–¿Boba? ¿La conoces?

–No necesito conocerla personalmente para conocer su tipo –dijo Teresa, mirándose las uñas como si en ellas fuera a encontrar el secreto del universo.

–¿Y cuál es ese tipo?

Teresa se encogió de hombros y se movió levemente, lo que obligó a Rico a apretar los dientes.

–Es mona y tiene unos pechos perfectos que probablemente le han costado una fortuna. Eso es todo.

–¿Te basta mirarla para deducir todo eso? –preguntó él.

–Desde luego. Pero si quieres ir detrás de doña Tetas, allá tú.

Rico sacudió la cabeza.

–No tengo el menor interés en Serenity.

–Desde el bar no daba esa impresión –dijo Teresa, volviendo a estudiarse las uñas.

—Estás celosa.

Teresa se irguió y lo miró airada.

—No sé de qué estás hablando.

—Claro que sí –Rico bajó una mano al muslo de Teresa y se deleitó con el tacto de su piel.

Teresa se estremeció e intentó salir hacia un lado, pero Rico se lo impidió, rodeándole la cintura con el otro brazo a la vez que seguía acariciándole el muslo, y percibió el estremecimiento que la recorría transmitiéndose a él.

A pesar de que estaban rodeados de gente, Rico se sentía a solas con Teresa. Y de haber sido así, la habría echado sobre la arena y la habría desnudado.

—Estás mintiendo de nuevo. No solo a mí, sino a ti misma.

Teresa resopló y volvió a moverse, con lo que agudizó la excitación de Rico. Al notarla, se quedó quieta.

—¿Qué quieres que te diga, Rico? –preguntó.

—La verdad –dijo él, retador–. Que no te ha gustado verme con otra mujer.

Teresa dejó escapar una risita cargada de tensión.

—Si fuera celosa, me habría curado después de cinco años viéndote con distintas mujeres.

—Eso es lo que quieres creer, pero…

Teresa tomó aire y entornando los ojos, musitó:

—Vale. No me ha gustado cómo te trataba. Solo le faltaba babear. ¿Ahora estás contento?

La respuesta directa era que «sí». La larga, habría llevado más tiempo; al menos un par de horas en la cama. El fuego que sentía Rico casi superaba a su ansia de venganza. Solo era capaz de pensar en desnudar a Teresa, y si no conseguía apartar aquella idea de su mente, no podría salir caminando al bar.

A regañadientes, aflojó su abrazo y Teresa aprovechó para ponerse en pie. Lo miró con ojos brillantes, los labios entreabiertos y la respiración agitada. Rico le tomó una mano y se la acarició con el pulgar. Ella se soltó bruscamente.

–Nos veremos en casa –dijo él en voz baja–. Dentro de una hora.

Teresa tragó saliva.

–Rico…

–En una hora, Teresa. Tenemos que resolver esta situación.

Ella asintió con la cabeza y volvió detrás de la barra. Ya solo, Rico contempló el mar, intentando vaciar su mente de los pensamientos libidinosos que la poblaban. Necesitaba darse una ducha fría, pero lo que en realidad anhelaba era más calor: el de Teresa. El fuego que solo había experimentado con ella.

Y no tardaría en tenerlo.

Teresa estaba de pie en medio del dormitorio cuando Rico llegó. La brisa tropical estaba impregnada del olor a salitre y flores. El océano resonaba como un corazón palpitante y la sombras de los árboles del entorno bailaban y se mecían en el viento que le arremolinaba el cabello a Teresa en suaves oleadas.

El corazón le latía con fuerza; sentía el cuerpo electrificado. No podía estarse quieta, ni sentada ni de pie. Apenas podía respirar por el nudo que la anticipación le había formado en la garganta.

En el bar, al sentarse en el regazo de Rico, había sentido la prueba física de su deseo. Y, a pesar de estar rodeados de gente, había tenido la tentación de girarse de frente a él y… No tenía sentido negarlo, estaba metida en un buen lío.

Recordaba a la perfección lo que se sentía al hacer el amor con Rico King. Como sabía lo que representaba perder todo eso.

Teresa sabía que tras aquel mes volvería a padecer esa pérdida y no estaba segura de poder superarlo. Había vivido cinco años en la soledad que significaba no tenerlo, por eso sabía bien el agujero frío y oscuro que la esperaba. Estaba dispuesta a lo que fuera por evitarse ese infierno, pero no tenía forma de escapar.

Sus perturbadores pensamientos se vieron interrumpidos cuando sintió la presencia de Rico. Lentamente, se volvió y lo vio en el umbral de la puerta, observándola.

Rico dio unos pasos y se detuvo, esperando a que ella se acercara. Cada paso fue como superar una prueba de valor. Teresa no podía apartar la mirada de sus ojos y cuando vio en ellos el brillo del deseo, recorrió la distancia final aceleradamente.

Se lanzó a sus brazos y él la estrechó contra sí para sentir cada centímetro de su cuerpo. Teresa sintió su sexo endurecido contra el vientre y, automáticamente, se sintió caliente y húmeda.

«Aquí», le susurró una voz interior. «Aquí perteneces y aquí quieres estar».

Rico emitió un gruñido y, hundiendo los dedos en su cabello, le inclinó la cabeza y la besó. Ella le devolvió el beso febrilmente. Sus bocas se fundieron, sus lenguas bailaron una danza frenética mientras el aliento se les escapaba entrecortadamente. Sus manos se deslizaban arriba y abajo de sus cuerpos ardientes, y cuando Rico se giró bruscamente y la llevó hacia la cama, Teresa no ofreció la menor resistencia.

Se echó sobre la cama y, rodeándole el cuello, arrastró a Rico consigo como si temiera que fuera a detenerse, a dar un paso atrás y retomar la fría y educada distancia con la que la había estado torturando.

Cada noche se había acostado a su lado y cada mañana despertaba abrazada a él, sintiendo el calor de su cuerpo por una fracción de segundo, hasta que él se levantaba bruscamente y la dejaba sola.

Entregarse sería su perdición, permitir que Rico ejecutara su venganza. Pero ya no le importaba por qué estaba allí, ni siquiera la razón por la que él la retenía. Le bastaba que estuviera con ella, echado sobre su cuerpo.

Finalmente, Rico separó la boca de la de Teresa, la miró fijamente y susurró:

—Llevas demasiada ropa.

—Tú también.

Asintiendo, Rico se levantó, se quitó la ropa y la tiró al suelo. Teresa lo imitó. La camiseta, los pantalones y las sandalias desaparecieron en segundos, y a continuación las bragas y el sujetador. Luego se quedó de pie, desnuda frente a él, sintiendo la cálida brisa acariciar su acalorada piel, filtrarse hasta sus huesos. La luz del sol se reflejaba en los ojos de Rico y la forma en que la miraba hizo estremecer a Teresa.

Era tan hermoso como lo recordaba. Tenía la piel dorada y un cuerpo perfectamente musculado. Además, estaba excitado y ver su potente erección hizo que se contrajera su interior, allí donde quería sentirlo.

Como si le leyera la mente, Rico tiró de ella hacia el colchón. El contacto con la fría seda en contraste con la piel agudizó cada uno de sus sentidos.

Las manos de Rico la recorrieron. Sus senos, sus pezones, el vientre y más abajo, donde la acarició con la base de la mano hasta que Teresa se revolvió, jadeante.

Sin apartar la mirada, siguió haciendo rodar la mano hasta que la respuesta de Teresa prendió un fuego de igual intensidad en sus ojos. Ella se mordió el labio y resopló suavemente cuando él la penetró con un dedo, y luego con dos; y suspiró al volver a experimentar la divina sensación de que Rico la acariciara. Todo le resultaba familiar y al tiempo distinto; como si fuera su primera vez juntos. Ella le acarició los hombros y le deslizó las manos por los brazos, gozando del delicioso tacto de su piel. Era tan fuerte, y sin embargo tan cálido al tacto…

Rico agachó la cabeza y, bajo la atenta mirada de Teresa, tomó uno de sus pezones en la boca. Ella exhaló bruscamente al primer roce de sus labios y su lengua. Él succionó una y otra vez, como si quisiera saciarse de su sabor. Una corriente eléctrica se trasmitió desde ese punto a sus huesos, y Teresa solo podía pensar: «Sí. Así es como debe ser».

Aquello era lo que la había atormentado aquellos años. Los recuerdos de sus caricias, de su piel, de su boca, de su cálido aliento rozándola. Para sentirse plena, solo necesitaba sentirlo en su interior, fundir sus dos cuerpos en uno, que era como debían estar.

Rico alzó la cabeza como si intuyera lo que pensaba. Mirándola fijamente, susurró:

–Es maravilloso, Teresa. Tal y como lo recordaba, o aún mejor.

–Rico… –fue todo lo que ella logró musitar.

Alzó las caderas contra la mano de Rico y él le presionó una y otra vez un punto con el pulgar hasta que la hizo enloquecer, y sus gemidos se sincronizaron. Teresa intentó recuperar el aliento mientras Rico la arrastraba hacia un clímax que ella quería alcanzar con él en su interior.

–Ven a mí, Rico. Entra en mí.

Rico resopló entre dientes, apoyó la frente en

la de ella y luego alzó la cabeza lo bastante como para mirarla a los ojos.

–No, Teresa. Cuando te haga mía, será a mi estilo.

Teresa sintió que el corazón se le partía.

–No uses lo que hay entre nosotros como venganza –dijo ella, tomándole el rostro entre las manos.

Rico detuvo la mano con la que la acariciaba íntimamente y Teresa se sintió abandonada.

–Si quisiera torturarte –dijo él con dulzura, a la vez que le besaba los labios, la nariz, los ojos–, te dejaría ahora mismo para que me anhelaras como yo te llevo anhelando todo este tiempo.

Teresa sintió la culpabilidad corroerla. Había abandonado al hombre que amaba sin la menor explicación, sin disculparse. Pero tampoco había sido fácil para ella. Al dejarlo, se había arrancado una parte de su vida; una parte que nunca más podría reclamar.

–Rico, yo también te he echado de menos –susurró ella, sintiendo que los ojos se le humedecían–. No quería dejarte. Tuve que hacerlo porque…

La luz del exterior iluminaba el cabello negro de Rico y sus ojos azules. Desde fuera llegaba el piar de los pájaros. El silencio en el interior se hizo sepulcral.

Rico sacudió la cabeza.

–Se acabó. Olvidemos el pasado. Tenemos el presente: este mes. Luego todo habrá terminado.

No podía haber sido más claro. Desde el primer momento, cuando Rico la había chantajeado para que se quedara, había especificado que no quería más que un mes. Teresa sintió que se le encogían las entrañas y su corazón lloró, pero su cuerpo estaba concentrado en el presente y en alcanzar el orgasmo que le había sido prometido.

–Está bien. Tengamos un mes –dijo con dulzura. Y aunque creyó ver un brillo de arrepentimiento en los ojos de Rico, este desapareció al instante.

Ella le recorrió el rostro con la palma de la mano a la vez que Rico reanudaba sus caricias y la penetraba con los dedos, adentrándose profundamente, saliendo y entrando de ella en un ritmo creciente hasta que Teresa perdió todo sentido de la realidad y sus ojos solo veían los de él, aquellos pozos azules en los que percibía un torbellino de emociones que no lograba identificar. Solo sentía la creciente tensión en su interior que amenazaba con estallar.

–Rico, por favor, entra en mí –gimió, alzando las caderas, moviendo la cabeza a un lado y a otro. Podía oír su corazón retumbando en el pecho, cada músculo de su cuerpo en tensión. Plantando los pies en el colchón, se arqueó contra la mano de Rico, buscándola, necesitando incrementar la presión.

Rico se detuvo y se separó.

–No pares, por favor. No pares –le suplicó ella.

–No podría ni aunque quisiera –dijo él entre dientes.

Entonces Teresa oyó que abría el cajón de la

76

mesilla y el reconocible sonido de un preservativo al ser rasgado. Abrió los ojos y lo miró justo cuando se lo colocaba. Era el hombre más guapo que había visto nunca. Tanto, que no comprendía cómo había sido capaz de dejarlo o cómo sobreviviría después de perderlo de nuevo.

Pero aquellos pensamientos y otros miles que la atormentarían durante años no tenían cabida en el presente. En este, solo existían Rico y la pasión que cargaba el aire de aquel dormitorio.

Teresa alzó los brazos hacia él y separó las piernas. Rico se tumbó y entró en ella con un lento y decidido empuje. Teresa suspiró profundamente al sentirlo de nuevo en su interior. Había pasado tanto tiempo desde la última vez…

Echó la cabeza hacia atrás y enredó las piernas en la cintura de Rico para sentirlo lo más profundamente posible. Quería gozar del instante, grabar la sensación en su cerebro para que se convirtiera en parte de ella, para no volver a sentirse nunca sola.

–Mírame –susurró él. Y, al hacerlo, Teresa vio su propio deseo reflejado en sus ojos.

Rico marcó el tempo y ella lo siguió. Sin dejar de mirarse, los dos cabalgaron juntos hacia la satisfacción plena. Teresa gritó su nombre al sentirse sacudida por un placer primario y salvaje, y cuando se aferró a él le oyó gemir y estallar en su interior.

Entrelazados, quedaron exhaustos, inanes.

***

Media hora más tarde, Teresa se sentía maravillosamente con su marido a su lado. Con cada milímetro de su cuerpo saciado y el corazón rebosante de felicidad, por primera vez pensó que todas las posibilidades estaban abiertas.

Quizá aquel mes no marcaría el final; quizá podía tratarse de un nuevo comienzo; una ocasión para encontrarse como iguales y darse cuenta de que lo que habían descubierto el uno en el otro era demasiado valioso como para desperdiciarlo. Quizá había un final feliz para ellos.

Pero Teresa sabía que nada de eso sería posible mientras no hubieran aclarado el pasado.

–Rico –dijo con voz aterciopelada–, quiero que sepas que cuando me fui hace cinco años...

–Calla –la cortó él bruscamente. Y girándose para mirarla, continuó–: No me interesa recordar viejas mentiras o escuchar otras nuevas.

La frialdad de su tono fue como una bofetada.

–No iba a...

–Teresa –dijo él con un suspiro–, esto no ha cambiado nada entre nosotros. No me mires con expresión expectante.

Teresa se dio cuenta de que había cometido un error, pero no había podido impedir que su corazón albergara vanas esperanzas.

–Tengo que ducharme –dijo Rico. Y levantándose, añadió–: Ha estado muy bien. Gracias.

–¿Gracias? –Teresa lo miró perpleja–. ¿Eso es todo?

–¿Qué esperabas? ¿Muestras de amor y devoción? –Rico sonrió brevemente y sacudió la cabeza–. Solo compartimos habitación y sexo, Teresa. Y solo durante el próximo mes.

El dolor le aprisionó el corazón a Teresa en un puño. Apenas hacía unos minutos, Rico había formado parte de ella, habían compartido un instante increíble. Y súbitamente él se comportaba con gélida frialdad. Había una distancia en su voz y una indiferencia en su actitud que hizo añicos los últimos sueños que había albergado en los últimos cinco años.

–No ha sido solo sexo, Rico –apuntó.

Rico la miró antes de dirigirse al cuarto de baño mientras decía:

–Deberías ducharte. Nos esperan a cenar Sean y Melinda.

Luego cerró la puerta a su espalda y dejó a Teresa sola, en medio de la cama.

La cena se hizo interminable.

Comportarse como si no pasara nada llevó a Rico al límite de su aguante, y tuvo que salir al porche de la casa de Sean para despejarse y no saltar.

Escuchó atentamente, dejando que el murmullo del agua romper suavemente en la orilla. No le resultaba sencillo actuar como si todo estuviera en su sitio. La deshonestidad no formaba parte de su naturaleza. Por eso le costaba tanto fingir. Las mentiras eran como una tela de araña que atrapaba a cualquiera que se aproximara. Y las que Teresa le había contado hacia años todavía lo mantenían atrapado.

Nunca había soportado las mentiras. Cuando era pequeño, su madre elaboraba las mentiras más complejas para salirse con la suya; nunca había creído lo que le decía porque mentir se había convertido en su segunda naturaleza. Cuando Rico cumplió once años, lo había entregado a su padre, Mike King. Recordaba la ocasión, meses más tarde, en que este le había preguntado si echaba de menos a su madre. Tristemente, lo cierto era que no, que en realidad nunca la había conocido de verdad.

Sus mentiras y sus increíbles historias inventadas la habían convertido en un misterio para él. Incluso cuando murió había seguido siendo una figura indefinida para Rico. Nunca había sabido en qué creía, o si lo amaba.

La verdad era mucho más nítida. Más… eficaz. Pero las mentiras no dejaban de enredarlo. Como por ejemplo, la mentira que se había contado a sí mismo de que volver a tener a Teresa en la cama lo liberaría del deseo que le despertaba. Muy al contrario, solo había servido para intensificarlo.

Y eso lo desconcertaba.

Por otro lado, estaba la mentira que le había dicho a Teresa, de que solo habían compartido sexo. Porque aunque le costara admitirlo, no era verdad. Lo que había experimentado con Teresa era algo más. Su cuerpo clamaba por ella; el deseo que lo atenazaba desde que Teresa había aparecido en la isla era tan intenso como siempre. La herida seguía abierta, y tenía que admitir que su plan de venganza se había vuelto contra él.

Desvió la mirada del paisaje y la volvió hacia la casa iluminada que tenía a la espalda. A través del amplio ventanal de la cocina podía ver a Teresa con Melinda, charlando animadamente. Nadie habría adivinado que hacía apenas un par de horas Teresa había enloquecido entre sus brazos, o el dolor que él había visto en sus ojos cuando había despreciado lo que acababa de pasar entre ellos. Pero él lo sabía, y el recuerdo lo asfixiaba.

—¿Tu plan no está saliendo bien?

Rico se volvió hacia Sean, que se aproximaba desde el lateral.

—¿Qué te hace pensar eso?

—Entre otras cosas, que aprietas la botella de cerveza con tanta fuerza que la vas a romper.

Rico masculló algo y aflojó la mano.

—Tengo muchas cosas en la cabeza.

—Claro —dijo Sean, mirando hacia la ventana—. Está claro lo que te ocupa la mente.

—No te metas, Sean —dijo Rico en tono amenazador.

Sean alzó las manos a modo de rendición.

—Tranquilo, no pienso meterme en nada. Lo que hagas para destrozar tu vida, es asunto tuyo.

Rico miró contrariado a su primo. Amaba a su familia, pero tenían sus defectos. Y uno de ellos era entrometerse incluso cuando negaban hacerlo. No había ningún King capaz de guardarse sus opiniones. Todos ellos estaban convencidos de estar en lo cierto. Por eso las reuniones familiares eran tan interesantes… y las discusiones tan acaloradas.

Dio un sorbo a la cerveza con el ceño fruncido.

–¿Cómo está Melinda? –preguntó.

–¡Qué sutil cambio de tema! –dijo Sean con sorna. Mirando a su mujer por la ventana, suspiró–: Cuanto más nervioso estoy yo, más serena está ella.

–Será una forma de autodefensa –dijo Rico, reflexivo–. Viendo cómo tú te vuelves loco, solo puede imitarte o…

–Sí –Sean se pasó la mano por el rostro–. Vale, vale, me estoy volviendo loco. Pero, Rico, es que estoy a punto de ser padre. ¿Tú sabes el miedo que da?

–Puedo imaginarlo –por una fracción de segundo, la mente de Rico invocó una imagen de Teresa embarazada. Entonces la imagen estalló en pedazos y él los retiró de su mente.

–¿Qué se yo de ser padre? –continuó Sean–. ¿Y si lo hago mal?

–Eso no va a pasar.

–Mi padre no fue un buen modelo.

Eso era verdad. El padre de Sean, Ben King, había tenido numerosos hijos con distintas mujeres con las que nunca se había casado. Aunque había contribuido económicamente a su bienestar, había estado ausente. Rico podía entender las dudas de Sean, aunque estaba seguro de que él nunca fallaría ni a su mujer ni a sus hijos.

–Tú eres mejor que todo eso.

–¡Ojalá! –dijo Sean. Luego rio–. Pero lo cierto es que esto se me hace… enorme. Mis hijos querrán que les dé respuestas sobre la vida y el mundo y… –dio un largo trago a su cerveza–. Supongo que estoy un poco nervioso.

–Es lógico –dijo Rico, dándole una palmada en la espalda–. Pero algunos de tus hermanos ya han sido padres y podrán aconsejarte.

Sean rio y sacudió la cabeza.

–Si haces caso a Lucas, que habla de su hijo como si ya fuera a ir a la universidad y solo tiene tres años…; o a Rafa, que ha tenido a Becca con Katie hace unos meses y sigue sumido en un permanente estado de confusión…

Rico no pudo contener la risa.

–Pero piénsalo: en los últimos años casi todos nuestros hermanos o primos han sido padres. Y si ellos pueden hacerlo, tú también.

–¡Pobre hijo mío! Soy lo único que va a tener y no tengo ni idea de cómo actuar.

Al margen de las bromas, Sean parecía verdaderamente preocupado, y Rico sintió compasión por él.

–Sean, vas a amar a tu hijo, y eso es todo lo que necesita.

–Eso sí puedo dárselo –dijo Sean con una tensa sonrisa. Sacudió la cabeza y admitió–: ¿Sabes? Nada me ha hecho tan feliz en mi vida y a la vez me ha dado tanto miedo como la idea de que nazca mi hijo.

–Yo creo que eso es lo natural –dijo Rico. Luego señaló hacia la casa con la botella y continuó–: Además, mira a tu encantadora mujer. ¿Te parece preocupada? No, porque te tiene a ti, y porque sabe que juntos formáis una maravillosa familia.

Sean resopló.

–¿Desde cuando eres tan sabio?

–No se trata de sabiduría, sino de que conozco a mi familia. Y sé que serás un buen padre, Sean.

–Espero que tengas razón –Sean sonrió–. En cualquier caso, no puedo echarme atrás.

Rico solo escuchaba a medias porque estaba concentrado en Teresa. Llevaba una blusa de seda verde de manga corta y unos pantalones blancos y estaba… preciosa. Se contrajo al sentir el deseo despertar y bombearle la sangre. La vio reír y retirarse el cabello de la cara. La línea de su cuello era elegante, el brillo de sus ojos, magnético. Su sensual cuerpo era todo lo que un hombre podía desear…

–Tienes razón –dijo Sean, estallando en un carcajada que reclamó la atención de Rico–. Tu plan está yendo de maravilla. Está claro que puedes ayudarme a mí, pero no puedes ayudarte a ti mismo.

Rico se tensó, pero en lugar de responder a las bromas de Sean, exclamó:

–¡Melinda!

Tras el cristal, la mujer de Sean se acababa de doblar hacia adelante, rodeándose el vientre con un brazo.

Capítulo Cinco

En quince minutos estaban en el hospital, y Sean y Melinda eran conducidos directamente al ala de maternidad.

A partir de ese momento, Teresa tuvo la sensación de que el tiempo se detenía.

La sala de espera era larga y estrecha; estaba pintada de verde y tenía el suelo de linóleo blanco. Como todos los hospitales del mundo, olía a productos antisépticos. Se rodeó la cintura con los brazos y salió al pasillo. En la cabina, había una enfermera con aspecto cansado a la que Rico había estado bombardeando con preguntas.

A lo largo de las horas, habían llegado y se habían marchado distintos padres y abuelos ansiosos. Pero Rico y Teresa seguían esperando. Teresa se sentó y observó a Rico, que no había parado de recorrer la sala arriba y abajo.

En cuanto lo conoció, Teresa se dio cuenta de que no soportaba la inactividad. Estaba acostumbrado a tomar la iniciativa, y le costaba encontrarse en una situación en la que no podía hacer nada.

—Será mejor que te sientes —dijo finalmente—. Puede que tengamos que esperar mucho tiempo.

—¡Llevamos horas aquí! —exclamó Rico. Y lanzó

una mirada centelleante a una enfermera que pasaba–. ¿Por qué no nos dicen algo?

Teresa se levantó y entrelazó su brazo con el de él.

–Demos un paseo –sugirió; aliviada de que no la rechazara.

–¿Adónde? No quiero ir a ninguna parte. ¿Y si…?

–No iremos lejos –dijo Teresa, conmovida por lo importante que su familia era para Rico. En momentos como aquel, bajaba todas las defensas y ella podía intuir al hombre al que había conocido años atrás–. ¿No le dijiste a Sean que en esta isla no hay distancias largas?

–Eso es verdad –Rico resopló y se pasó una mano por el cabello–. Me hará bien un poco de air fresco.

–Y seguro que las enfermeras también se alegrarán –dijo Teresa. Y al pasar por la cabina, comentó–: Nos vamos unos minutos. Si llega Sean, dígale que ahora volvemos.

Fueron al ascensor y Teresa apretó el botón. Al llegar a la planta baja, Rico prácticamente salió corriendo del ascensor y ella tuvo que apresurar el paso. Fuera, hacia una noche apacible; el viento y el mar se oían en la distancia. Resultaba liberador haber salido de las cuatro paredes de la sala de espera; y más aún, tener a Rico a su lado.

Teresa respiró profundamente.

–¡Qué gusto da respirar aire fresco!

–Sí –dijo Rico, mirando hacia la puerta de reojo–. Pero volveremos enseguida.

—Claro que sí —Teresa le tomó la mano y se alegró de que no se la rechazara. Caminaron hacia el césped que había en un lateral—. La espera se hace muy larga y es mejor airearse de vez en cuando.

Rico resopló, pero se relajó parcialmente al inspirar profundamente.

—¿Por qué sabes tanto de hospitales y de partos?

Teresa sonrió y le apretó la mano. Aunque fuera pasajeramente, en aquel instante eran aliados contra la incertidumbre.

—Cuando era pequeña viajábamos constantemente —dijo, alzando la mirada hacia el cielo estrellado—. Aunque nuestra casa estaba en Italia, apenas vivíamos allí.

—Por eso tienes menos acento que yo.

Teresa se encogió de hombros para quitarle importancia, pero la vida nómada siempre le había hecho sufrir. Ni siquiera sentía su piso de Nápoles como un hogar. Solo era un refugio temporal.

—Es difícil adoptar un acento cuando no pasas suficiente tiempo en el mismo sitio.

—Ahá.

Teresa supo que Rico estaba pensando en la familia Coretti, pero ella se negaba a mencionarlos y arruinar aquella tregua.

—A lo que iba: estábamos en Nueva York y la hermana de mi madre iba a tener un bebé. Supongo que yo tenía dieciséis años.

—¿Y esperaste tanto como nosotros hoy?

—Esperamos durante horas —Teresa desvió la mirada del cielo a Rico—. Se hizo interminable.

–¿Y tu padre se entretuvo robando a los pacientes y a los médicos?

Teresa lo miró, dolida.

–¿No puedes olvidarte de eso ni un segundo, Rico?

–¿Por qué iba a olvidarlo? –preguntó él con aspereza.

–Porque yo no soy mi padre –dijo ella en tono suave pero firme y sin apartar la mirada de Rico–. No he robado nada en toda mi vida. No soy una ladrona.

Un músculo le palpitó en la frente a Rico, como si se debatiera entre qué decir y qué reservarse. Hasta que soltó:

–No, solo una mentirosa.

–¿Es que tú no has mentido nunca, Rico? ¿Tan perfecto eres?

–No, pero no miento a la gente que me importa.

–Ah –dijo Teresa, cruzándose de brazos–. Eres un mentiroso selectivo. Solo mientes a... deja que lo adivine, ¿algunas mujeres?

–Especialmente –dijo él, impertérrito.

–¿Y eso te parece bien?

–Yo no he dicho eso.

–¿Y a mí? –Teresa sacudió la cabeza–. ¿No me mentiste nunca?

Rico apretó los dientes.

–Te recuerdo que la que me mintió fuiste tú.

–Así que tú fuiste sincero conmigo, pero no lo eres con las demás –Teresa rio–. Deberían beatificarte.

Estaba furiosa y dejó que la rabia la dominara porque era mucho más sencillo que lidiar con la desilusión y la tristeza que la embargaban. Fue a alejarse de él, pero Rico la sujetó por la mano y tiró de ella hasta que quedaron de frente.

—Nunca he dicho que fuera un santo —dijo él—, pero nunca te he mentido.

—¿Y los papeles del divorcio?

Rico frunció el ceño y guardó silencio como si se quedara sin respuesta.

Teresa respiró profundamente y lo miró a los ojos, buscando al hombre al que amaba, que se ocultaba tras la muralla de hielo que había erigido entre ellos.

—No quería mentirte ni dejarte, Rico. Pero no pude hacer otra cosa. ¿No comprendes que a veces se miente para proteger a alguien?

—No puedo entender a una familia que exige ese tipo de lealtad.

—¿De verdad? —Teresa lo miró con ojos refulgentes—. ¿Es que la familia King no es leal?

—No engañamos para protegernos.

—Pero lo harías si fuera necesario.

Rico entrecerró los ojos y apretó los labios, y Teresa supo que estaba planteándoselo. Y que la respuesta no le gustaba. Tomó aire y dijo:

—Rico, no te pido que olvides lo que pasó hace cinco años, pero sí que intentes verlo desde mi punto de vista.

—No sé cuál es tu punto de vista. Solo sé que elegiste a tu familia en lugar de a mí.

–Es mi familia –musitó ella.

–Y yo, tu marido.

–¿Crees que me resultó fácil?

–Solo sé que lo hiciste –dijo Rico entre dientes–. Tomaste una decisión y hemos tenido que vivir con ella.

Teresa sintió el corazón en un puño. No tenía excusa, ni podía pedir comprensión. Rico siempre interpretaría su comportamiento como una traición.

Se quedaron mirándose en silencio y la tensión prácticamente hacia vibrar el suave aire. Había mucho que decir, pero poco tiempo. Teresa había confiado en encontrar la manera de comunicarse, pero con cada paso que daba, Rico retrocedía dos. Se frotó los brazos para contrarrestar el escalofrío que la recorrió.

–Teresa –dijo él al cabo de unos segundos–. ¿Qué pasó?

–¿Qué? –preguntó ella, desconcertada.

–Con tu tía –dijo él, volviendo a la historia que ella le estaba contando–. ¿Qué paso?

Teresa sonrió. Aunque siguieran enfrentados en una batalla, interpretó aquella pregunta como una manera de expresar su deseo de mantener la tregua.

–Después de lo que pareció una eternidad, tuvo un niño. Yo lo vi cuando apenas había nacido –se le iluminó la sonrisa–. ¡Luca era tan pequeño…! Y parecía furioso por haber nacido.

Rico rio con ella y por un instante parecieron

estar unidos. Y Teresa quiso aferrarse a ese instante aunque supiera que era pasajero.

—Entonces intentaré ser paciente hasta que llegue el nuevo King —dijo Rico.

—¿Saben que es un chico?

—Sí. El mes pasado ayudé a Sean a pintar su dormitorio.

—Melinda me lo enseñó. Lo dejasteis precioso —Teresa rio de nuevo—. ¡Es increíble! ¡Tengo la sensación de que hubieran pasado varios días desde que hemos salido de su casa!

Rico asintió a la vez que miraba hacia la puerta.

—Esperar es agotador.

—Así es —Teresa siguió su mirada y añadió—: Será mejor que volvamos.

—Sí —dijo Rico, en un tono que le hizo pensar a Teresa que no quería dar aquel momento de calma por terminado. Pero prefirió no darle más significado del que tenía.

Rico le tomó la mano y su calor se le transmitió por todo el cuerpo. Caminaron en silencio hacia la puerta, el sonido de sus pasos amortiguado por la hierba.

La espera concluyó al amanecer. Sean entró en la sala de espera con una espléndida sonrisa.

—Melinda y nuestro hijo están fenomenal —dijo, frotándose las manos—. Ha sido… increíble.

Rico saltó de su asiento y tras abrazarlo le dio una palmada en el hombro.

—¡Enhorabuena, papá!

–¡Ha sido aterrador! –dijo Sean estremeciéndose. Teresa se acercó y lo abrazó.

–¿Vamos a poder verlo?

–Desde luego –dijo Sean sonriendo–. He venido a buscaros para que podáis contemplar con admiración al nuevo King.

Rico tomó de nuevo la mano de Teresa cuando siguieron a Sean, y ella tuvo la impresión de que ni siquiera se daba cuenta de que lo hacía. Había sido un gesto espontáneo, como si necesitara tenerla a su lado. Y Teresa, aun resistiéndose, sintió un rayo de esperanza.

En el nido solo había tres recién nacidos, y solo uno era chico. Teresa lo miró embelesada: era perfecto, pequeño y sonrosado, y tan precioso que se le formó un nudo en la garganta.

–¡Qué chico tan guapo! –dijo Rico. Y apretó la mano de Teresa levemente.

–Sí –dijo Sean, balanceándose sobre los talones–. ¿Queréis ver a Melinda?

Una vez llegaron a la habitación, Rico y Teresa se colocaron a ambos lados de la cama.

–Es precioso –dijo Teresa.

–Lo sé –dio Melinda con un suspiro–. Me cuesta creer que finalmente haya nacido.

–¿Cómo lo vais a llamar? –preguntó Teresa, mirando a los padres alternativamente.

–Stryker –dijo Sean con una sonrisa cómplice hacia Melinda.

–Era el nombre de mi padre –dijo Melinda.

Teresa observó a Rico y a su familia y deseó formar parte de ese íntimo círculo. Pero sabía que solo era una presencia temporal. No vería crecer a Stryker, ni tendría ocasión de que su amistad con Melinda se enriqueciera. En menos de un mes se habría marchado.

Tomó aire y miró a su alrededor para distraerse.

—Estoy encantada de que estéis aquí —dijo Melinda, apretando la mano de Rico—. Pero debéis estar cansados.

—Tú eres quien ha hecho todo el trabajo —bromeó Teresa.

—Oye, yo también he participado —protestó Sean.

Melinda le sonrió como si fuera un héroe.

—Desde luego que sí, cariño. Lo has hecho fenomenal —suspiró y se reclinó sobre las almohadas—. Estoy cansada, pero no creo que pueda dormir. Estoy demasiado excitada.

—Pero seguro que sí puedes comer algo —dijo Rico.

—¡Desde luego! Estoy tan hambrienta que me tiraría de cabeza en una piscina de chocolate.

Teresa rio.

—Pero la enfermera me ha dicho que no hay desayuno hasta dentro de dos horas —Melinda miró a Sean—. Te voy a mandar a casa a por unas galletas.

—Seguro que podemos hacer algo mejor —Rico se inclinó y le besó la frente. Luego miró a Sean y dijo—: Voy a pedir al chef que prepare algo. Estará listo en media hora.

—¡Rico, eres maravilloso! —dijo Melinda con un suspiro de gratitud.

—Eso dicen —bromeó él.

—Espero que pidas desayuno para dos —intervino Sean.

—Por supuesto.

—Ya me siento mejor —dijo Sean sonriendo—. Pero ahora que se ha convertido en un héroe, no va a haber quien lo aguante, te lo advierto, Teresa.

Se produjo un silencio sepulcral al recordar todos ellos que Teresa solo estaba en Tesoro temporalmente. Teresa respiró profundamente y dijo:

—Enhorabuena de nuevo, Melinda. Tienes un bebé precioso.

—Gracias —Melinda le tomó la mano y se la retuvo unos segundos a modo de consuelo—. Ven a visitarme a casa cuando salga de aquí y te contaré unas cuantas historias de terror.

—No me lo perdería por nada —dijo Teresa, sonriendo. Y se unió a Rico al pie de la cama.

En unos segundos estaban en la planta baja y salían del hospital hacia una fresca mañana.

La luz del amanecer coloreaba el cielo y la brisa silbaba al entrar por las ventanillas del coche. En la suave luz del amanecer ella lo vio como lo que era: el amor de su vida.

Capítulo Seis

Una semana más tarde, Rico estaba mirando por la ventana de su despacho del hotel sin ver la vista que se desplegaba ante sí.

Dirigir un hotel de lujo significaba enfrentarse a diario a pequeñas crisis que normalmente resolvía sin dificultad. Pero con Teresa en su vida, le costaba más concentrarse y encontrar soluciones.

En los días precedentes se había producido un pequeño incendio al prenderse una vela en uno de los bungalós. Afortunadamente, no había ningún herido, solo daños materiales, como una hamaca y unos cojines quemados. Luego un huésped se había roto un tobillo al tirarse desde lo alto de una cascada. Había tenido suerte de no romperse el cuello y, como era lógico, el hotel iba a pagar las facturas del hospital y su billete de vuelta a los Estados Unidos.

Entre medias, habían surgido problemas menores, como insolaciones, picaduras de medusas, alguien que bebía más de la cuenta y alguna discusión entre huéspedes. Era lo lógico cuando uno se dedicaba a la hostelería. Pero lo que no solía suceder era que el jefe de cocina sufriera un ataque de apendicitis.

Rico dio la espalda a la ventana para mirar a la encargada del hotel, que estaba al otro lado de su escritorio.

–¿Cuánto tiempo va a estar Louis de baja?

–Según el médico, al menos una semana.

Janine Julien, una mujer de unos sesenta años con una fantástica capacidad de organización, tamborileó sobre su tableta. Janine trabajaba ya con Rico en Cancún y, para alivio de este, había accedido a trasladarse con él a Tesoro.

–Louis se recuperará, no es nada grave –dijo Janine–. Me preocupa más el hotel. Como sabes, estamos llenos. Hay una boda la semana que viene, y no te imaginas las horas que Louis pasó con la madre de la novia para decidir el menú. Me temo que no va a estar nada contenta.

–Tenemos más chefs tan capaces como él –dijo Rico, encogiéndose de hombros.

–Desde luego que sí –dijo Janine–, pero Louis hace que la cocina funcione. Es la voz que la gente escucha en medio del caos. Tenemos un problema, Rico.

Rico se dijo que él tenía más de uno, pero en aquel momento, resolver el que se planteaba en la cocina era incluso más acuciante que el que Teresa representaba.

–Pero creo que he encontrado la solución.

–¿De verdad? –preguntó Rico, rodeando el escritorio y sentándose en la esquina.

Janine lo miró y dijo:

–Tu esposa.

Desde que estaba en la isla, Teresa había conocido a todo el personal. Si a sus empleados les había sorprendido que estuviera casado, nadie lo había mencionado. Y Rico confiaba en que fueran igualmente discretos cuando Teresa se marchara de la isla y de su vida.

Ese pensamiento hizo que frunciera el ceño, y lo apartó de su mente para concentrarse en la mujer que tenía ante sí.

–¿Qué pasa con Teresa?

–Estaba ayudando en la cocina cuando Louis colapsó –Janine sacudió la cabeza y añadió–: Yo también estaba allí, para hablar de los postres de la boda, y la vi tomar el mando. Tengo que admitir que me quedé en blanco, en cambio Teresa... Atendió a Louis, hizo que alguien llamara al médico y que otro cocinero lo llevara al hospital. Y mientras tanto, se ocupó de que la cocina siguiera funcionando. Mientras todos nos quedábamos paralizados, Teresa asumió el mando y nadie cuestionó su autoridad. Todavía sigue en la cocina, organizando el trabajo. He pensado que querrías saberlo.

Rico no sabía si sentirse aliviado o enfadarse. Una vez más, Teresa demostraba lo que valía y se integraba en el mundo de Tesoro en lugar de quedarse encerrada y aislada como una mujer secuestrada. Pero ese mismo mundo la echaría de menos cuando se fuera.

Y Teresa acabaría por irse.

Rico no podía arriesgarse a creer en ella de

nuevo, ni a mantenerla a su lado sabiendo que su familia de ladrones podía volver en cualquier momento. Pero eso solo era una excusa, porque lo cierto era que a su familia podía manejarla sin la menor dificultad.

El problema era Teresa, su esposa. La mujer en la que había creído, en la que había confiado... para acabar siendo traicionado.

Si lo que pretendía era ganárselo, no lo conseguiría. Le permitiría ayudar en el hotel; no era tan idiota como para no aprovechar que tenía una gran chef en el hotel. Pero eso era todo lo que le interesaba de ella.

Separándose del escritorio bruscamente, dijo en tono autoritario.

–Llama al hospital, ocúpate de la factura de Louis y llévale lo que necesite. Yo iré a verlo más tarde.

–Muy bien –Janine lo siguió con la mirada–. ¿Adónde vas?

–A la cocina –Rico miró por encima del hombro–. Quiero comprobar si Teresa puede ejercer de jefa de cocina.

Unos minutos más tarde, Rico estaba en la puerta de la cocina, observando una coreografiada confusión que lo dejó impresionado. Lo primero que notó fue que la música clásica que Louis solía poner había sido reemplazada por rock, a cuyo ritmo se desplazaba el personal de una posición a otra. El jefe de repostería trabajaba en una masa, las ensaladas estaban siendo preparadas en una gran superficie de mármol, y los encargados del menú decidían las sopas de la cena y seleccionaban los ingredientes del resto del menú.

Y en medio del ordenado caos estaba Teresa, con su cabello negro recogido bajo el gorro de cocinera y una bata blanca, dirigiendo el tráfico como un guardia municipal en una calle concurrida.

Se detuvo para probar una salsa e instruyó al cocinero para que añadiera algo; inspeccionó el trabajo de los reposteros y les sonrió con aprobación; alguien lanzó una pregunta al aire y antes de que la concluyera, Teresa estaba echándole una mano.

Rico la observó embobado. Sin la intervención de Teresa, los distintos chefs habrían iniciado una pelea para sustituir a Louis. Pero con ella, la cocina estaba funcionando igual o mejor que nunca.

Contrariado, Rico tuvo que admitir que Teresa era aún mejor de lo que había creído hasta entonces. Estaba allí en contra de su voluntad, prácticamente secuestrada y sometida a un chantaje y, en lugar de permanecer impasible ante una crisis, se ofrecía voluntaria para resolverlo. ¿Por qué? Rico no llegaba a comprenderlo.

Mientras la observaba, algo se le removió en el interior, no la pulsante presión del deseo, sino una cálida oleada de emociones que llevaba negando cinco años. Masculló algo entre dientes y se fue.

***

Había sido maravilloso volver a una gran cocina. Teresa le había dicho a Melinda que durante los últimos años había estado trabajando en restaurantes por distintas partes del mundo, y era verdad. Pero todos ellos eran locales pequeños, cafés y pastelerías.

Pero desde su partida de México, no había estado en un restaurante de cinco estrellas por temor a que Rico pudiera localizarla más fácilmente. Después de un tiempo, había mantenido la misma estrategia, como si quisiera castigarse a sí misma negándose la oportunidad de hacer lo que mejor sabía: dirigir una gran cocina.

Pero aquel día, eso había cambiado. Y aunque Teresa sentía lástima por Louis, tenía que admitir que le encantaba la idea de poder sustituirlo. Había trabajado durante varias agotadoras horas, y cuando el servicio había concluido, se había quedado para supervisar la limpieza.

Para cuando volvió a la casa de Rico y a su jaula de oro, estaba extenuada, pero se encontraba mejor que hacía años. Entró y cerró la puerta sigilosamente. Con una sonrisa en los labios, fue hacia el dormitorio, pero la detuvo una voz procedente del salón.

–¿Por qué lo has hecho?

–¿Rico? ¿Qué haces sentado en la oscuridad?

Oyó un clic y se prendió el fuego artificial que de la chimenea, iluminando a Rico.

–Quiero saber por qué has ayudado en la cocina.

–Quería ayudar.

–Lo sé. Lo que quiero saber es ¿por qué?

–¿De verdad te cuesta tanto comprenderlo? –Teresa avanzó hacia él mirándolo fijamente.

–Sí –dijo él, estudiando sus facciones como si la viera por primera vez–. Te retengo en contra de tu voluntad, he amenazado a tu familia… Así que sí, me cuesta comprender que ayudes a superar una crisis.

Teresa sacudió la cabeza levemente. Rico no era capaz de ver cuánto lo amaba, por eso no entendía su comportamiento.

–Quería ayudarte, Rico. Louis se ha puesto enfermo y yo estaba disponible.

–¿Qué pretendes hacerme? –dijo él con voz ronca, como si le costara articular las palabras.

–¿Hacerte a ti? –Teresa resopló–. Nada, Rico. Estoy aquí por un mes; ¿querrías que me quedara en un rincón llorando porque me retiene un hombre que no quiere saber nada de mí?

–Puede que sí –Rico se pasó la mano por el cabello–. Ya no lo sé.

Tampoco Teresa sabía qué sentía. Una mezcla de impaciencia, irritación, de un amor tan profundo que la recorría por dentro y le henchía el corazón.

–Rico, ¿preferirías que te esperara en la cama, desnuda? ¿Sería ese un comportamiento más propio de una secuestrada?

–Sí. No. Sí –balbuceó Rico, irritado–. Tendría más sentido que estuvieras preocupada o enfadada. En cambio, te portas como si formaras parte de un equipo a pesar de que sabes que acabarás yéndote.

–Si lo prefieres, puedo patalear y lloriquear.

Rico resopló.

–No sabrías cómo hacerlo.

–Menos mal que me conoces un poco –dijo Teresa sonriendo.

Rico mantuvo la expresión de enfado y dijo:

–Hubo un tiempo en el que creí conocerte mejor que a nadie.

El corazón de Teresa se encogió al percibir la melancolía que había en su voz. Cuánto había destruido al marcharse; cuánto había dejado atrás; cuántas cosas se habían perdido los dos en aquellos cinco años por un quiebro del destino. Si Gianni no hubiera robado la daga… Si ella le hubiera dicho la verdad a Rico desde el principio…

Pero la realidad no era esa y ya no podía cambiarse.

–Claro que me conocías, Rico.

–No –Rico sacudió la cabeza, posó las manos en los hombros de Teresa y la atrajo hacia sí–. Creía que sí, pero no eras quien pensaba que eras, sino una ficción.

–Sí lo era –dijo ella, rezando para que la creyera.

–No es verdad –contestó él–. Tu lealtad estaba demasiado dividida como para que fueras mía plenamente. Pero hoy sí lo eres.

Rico tenía razón. A pesar de cuánto lo amaba,

había tenido que elegir entre él y su familia. Quizá era demasiado joven como para apreciar lo que había encontrado. Solo sabía que, de encontrarse en la misma encrucijada, habría actuado de forma diferente, le habría contado todo y habría confiado en que él tomara la decisión correcta.

Había sido una idiota. Estaba enamorada de su marido, pero no podía decírselo.

Rico llevaba horas esperando a Teresa. Estaba convencido de que tenía un motivo oculto para ayudar en el hotel, pero por más vueltas que le daba, no lograba llegar a ninguna conclusión. Le tenía que dejar claro que, por más que se integrara en la vida de la isla, finalmente, se marcharía.

Se había hecho amiga de su primo y de la esposa de este. El personal del hotel la adoraba y él no podía entrar en su casa sin que lo envolviera su perfume, el recuerdo de su risa, el susurro de sus gemidos.

Cuando se fuera, sentiría un enorme vacío. Pero acabaría por irse. Ese era el acuerdo y él mantendría su palabra. Le concedería el divorcio y jamás le entregaría su corazón a ninguna otra mujer.

Porque incluso en aquel momento, Teresa le ocultaba algo. Rico no sabía qué, pero veía en su mirada que se callaba algo. Y él no tenía ni idea de cuál era ese secreto.

Pero en medio de la frustración y la irritación, había algo inmutable: la intensidad de su deseo por ella. Y todo el tiempo que había pasado esperándola, su mente había ideado todas las cosas que le haría cuando volviera. Desde que llegó, aspiraba su aroma con cada respiración como si quisiera saborearla… No podía esperar ni la distancia que los separaba del dormitorio.

–Me estás volviendo loco, Teresa –dijo, tomándole el rostro en las manos y deslizándolas hacia la nuca.

–Y tú a mí –dijo ella, poniéndose de puntillas.

Rico la besó apasionadamente. Ella enredó su lengua con la de él y subió una pierna a sus caderas, para atraerlo hacía sí. Él se frotó contra ella, dejándole sentir su sexo endurecido, y Teresa gimió contra sus labios, alimentando su deseo.

El personal tenía el día libre, estaban solos. Bajo las danzarinas llamas del fuego, Rico le quitó la camiseta y le cubrió los senos. A través del sujetador, le acarició los pezones con los pulgares, arrancándole un gemido de placer.

Ese dulce sonido exacerbó su deseo y lo dejó sin aliento. Desabrochó el sujetador y atrapó los senos de Teresa en sus manos. Ella se aferró a sus hombros, apretándolo contra sí, reforzando el contacto.

–Rico, más, quiero más.

–La ropa –musitó él, soltándola por un instante–. Quítatela. Ya.

Ella se quitó los pantalones y se quedó con un tanga rosa de encaje que le desbocó el pulso a Rico. Sin apartar la mirada de Teresa, se desnudó.

Ella deslizó la mirada hacia su sexo erecto y suspiró con anticipación.

Luego alargó la mano y la cerró en torno a él. Rico dejó escapar un gemido y ella sonrió a la vez que lo acariciaba, deslizando la mano arriba y abajo hasta que Rico puso los ojos en blanco y la respiración se le entrecortó.

Con el cuerpo en tensión, supo que acabaría perdiendo el control si Teresa seguía tocándolo.

–Para.

–No –dijo ella con la respiración agitada–. Todavía no.

Rico no pudo evitar sonreír. Siempre había adorado lo apasionada que era Teresa. Le gustaba que su mujer expresara su deseo sin inhibiciones. Su mujer… Ese pensamiento le reverberó en la mente hasta que lo acalló.

La abrazó con fuerza, deleitándose en su cuerpo voluptuoso. Ella enredó una pierna en sus caderas, dejándole sentir su pulsante núcleo contra su sexo. Rico gruñó suavemente y le hizo retroceder hasta que se chocó contra el sofá. Teresa fue a echarse, pero él la hizo girarse de espaldas. Teresa apoyó los codos en el sofá y miró a Rico por encima del hombro, a la vez que mecía las caderas provocativamente, se humedecía los labios y susurraba:

–Tócame, Rico.

Su osadía, su pasión, remataron a Rico. Apartándole el tanga, la acarició suavemente con la mano. Ella jadeó y abrió las piernas para facilitarle el acceso a la vez que alzaba las caderas.

Rico sintió que la cabeza le estallaba. Jamás una mujer le había hecho perder el sentido de aquella manera; ninguna otra había atravesado la barrera tras la que se ocultaba. Pero Teresa lo conseguía sin tan siquiera proponérselo.

Atropelladamente, se inclinó hacia adelante para que notara cuánto la deseaba. Ella se volvió y sus lenguas se encontraron en una frenética exploración, hasta que Rico se irguió. Jadeante, Teresa se retiró el cabello de la cara y lo miró, mordisqueándose el labio inferior.

Rico le recorrió la espalda con las manos, siguiendo la línea de su columna y la curva de su trasero, hasta que Tersa se removió y gimió, anhelante. Él deslizó los pulgares en su interior. Estaba caliente y húmeda, y en cuanto la acarició, gimió:

—Rico, por favor, tócame, tócame.

Rico obedeció mientras su cuerpo clamaba por perderse en su profundidad. El corazón le latía acelerado y la sangre le bombeaba en las venas, impulsándole a actuar.

Teresa se volvió de nuevo, con la respiración acelerada.

Su impaciencia hizo sonreír a Rico. Teresa nunca había sido tímida en el sexo. En el hotel en Cancún, habían hecho uso de todas las habitaciones, y lo que había sucedido una madrugada en la terraza todavía lo despertaba jadeante más de una mañana.

—Por favor —suplicó ella, abrazándose a un almohadón y meciendo las caderas—. Ahora, Rico, ahora.

–Ahora –repitió él. Y la penetró.

Teresa gritó su nombre. Rico cerró los ojos al sentirla caliente y prieta, y se movió con decisión, dentro y fuera, acelerando el ritmo con cada retirada hasta que apenas pudieron respirar.

Rico se inclinó y le pellizcó los pezones sin dejar de hundirse en su interior. Ella gimió y se arqueó contra él, acompasándose a sus movimientos.

El deseo atravesaba a Rico como un fuego arrasador, prohibiéndole pensar en el pasado o en el futuro y obligándole a concentrarse en aquel presente en que Teresa y él eran, tal y como debían ser, dos mitades de un todo.

Se entregó a las sensaciones y vio a Teresa morderse los labios a la vez que alcanzaba el punto sin retorno.

Rico sintió sus músculos contraerse en torno a él y supo que estaba a punto de alcanzar el clímax. Y cuando le oyó gemir su nombre, la penetró tan profundamente como pudo y se dejó arrastrar por ella al éxtasis.

Cuando Rico pudo pensar y moverse, se sentó en el sofá, con Teresa en su regazo. Abrazándola, la sujetó con cuidado, como si fuera frágil y pudiera romperse.

Era extraño que, a pesar de su fortaleza, Teresa siempre le hubiera despertado un instinto protector. En aquel momento, se estremecía en sus brazos, todavía recuperándose del explosivo clímax que había experimentado. Y aunque se sentía saciado, Rico la deseaba de nuevo.

–Ha sido increíble –dijo Teresa con un suspiro.

–Así es –Rico apoyó la cabeza en el respaldo y al darse cuenta de lo que acababa de pasar emitió un gruñido. ¿Cómo podía haber sido tan irresponsable?–. También ha sido una estupidez.

–¿Por qué dices eso? –dijo ella, mirándolo con los ojos brillantes, las mejillas enrojecidas y los labios hinchados por los besos–. ¿Por qué ha sido una estupidez?

–He perdido el control y no me he puesto un preservativo.

–Ah –Teresa se mordió el labio–. Está bien, ha sido una tontería, pero la responsabilidad no es solo tuya.

–No sé si me sirve de consuelo –Rico nunca perdía la cabeza. Excepto con Teresa, que le tocaba una fibra profunda que le bloqueaba el cerebro.

–Si sirve de algo, estoy sana –Teresa le puso una mano en el pecho a Rico–. No me he acostado con nadie desde que nos separamos.

Aquellas palabras le atravesaron la mente a Rico y se enredaron en su corazón. Llevaba cinco años imaginando a Teresa con otros hombres. Y saber que solo habían sido fantasías fue un inesperado regalo.

Dejó caer una mano sobre la curva de los senos de Teresa y le acarició un pezón, que se endureció al instante. Teresa suspiró y, al notar que Rico se endurecía bajo ella, sonrió con picardía. Aquella sonrisa le removió algo en el corazón a Rico que este no quiso analizar.

Bastaba con saber que Teresa estaba allí. Por el momento. Desde su desaparición, no había pensado en el futuro. Solo podía volver una y otra vez a los días que habían pasado juntos, a su risa, a sus miradas cómplices.

No había planeado contarle lo que había sucedido durante los años de su ausencia, pero su sentido del honor le impedía mentir, cuando ella había sido tan sincera. Y aunque habría preferido que Teresa creyera que la había sustituido, prefirió no mentir por omisión.

De hecho se estaba dando cuenta de que, aunque odiaba las mentiras, era tan culpable como los demás de usar medias verdades.

–Yo tampoco he estado con nadie –Rico vio un destello de felicidad en los ojos de Teresa.

–¿Y todas las fotografías con modelos y actrices? –preguntó, desconcertada.

–Las cosas no son siempre lo que parecen –dijo él, acariciándole la espalda lentamente, deleitándose en la suavidad de su piel.

Teresa suspiró profundamente.

–Si es así, contéstame una cosa, ¿por qué no has estado con ninguna mujer? ¿Porque, al contrario que yo, sabías que seguíamos casados? –preguntó. Y el rubor le coloreó las mejillas.

–¿Y tú? –preguntó él a su vez.

Teresa guardó un prolongado y tenso silencio antes de decir:

–Tú eres el único hombre al que he deseado.

Rico se sintió embargado por una maravillosa calidez y se dio cuenta de que ansiaba creerla, que quería que Teresa lo hubiera echado de menos tanto como él a ella. Pero si era así, ¿cómo había podido marcharse? ¿Por qué le había mentido y permanecido alejada tanto tiempo?

Teresa apoyó la cabeza en su pecho y Rico supo que podía oír su corazón latiendo aceleradamente. Desde su llegada a Tesoro, había intentado explicarle sus actos en varias ocasiones, pero él no le había dejado. En aquel instante, sin embargo, quería oírla, aunque no estuviera seguro de creerla.

Su mente era un torbellino de contradicciones. La sangre le quemaba en las venas; tenía el cuerpo alerta y tenso, preparado para volver a poseerla.

El efecto que Teresa tenía en él era peligroso.

Lo que acababa de hacerle a ella era imperdonable. Aunque los dos estuvieran sanos, no haber usado condón implicaba la posibilidad de haberla dejado embarazada. Y debían hablar de esa posibilidad.

–Teresa –dijo con dulzura–, ¿estás tomando algún anticonceptivo?

–No. Pero no te preocupes. Sería muy raro que me quedara embarazada por una vez.

Rico pensó para sí que eso dependía del humor del que se encontraran los dioses. Recordó que hacía poco había imaginado a Teresa embarazada de su hijo. Y por su culpa, acababa de crear las condiciones para convertir esa ensoñación en realidad.

–Nunca me ha gustado el juego porque estoy convencido de que la suerte siempre está en contra –dijo, sacudiendo la cabeza–. Perdóname por haber perdido el control.

–No te disculpes –dijo ella, mirándole fijamente–. Yo te deseaba, quería que perdieras el control. Y si me he quedado embarazada…, ya nos plantearemos esa situación si se presenta.

Rico no supo a qué se refería con «plantéarselo», porque él lo tenía muy claro. Si Teresa estaba embarazada, permanecerían casados. Y eso significaba que tendría que aprender a convivir con los recuerdos de su traición.

Solo pensarlo se le encogía el corazón y se sentía aprisionado por bandas de hierro que lo estrangulaban. ¿Cómo iba a pasar el resto de su vida con una mujer en la que no podía confiar? ¿Se preguntaría cada día cuándo volvería a desaparecer?

Abrazó a su esposa preguntándose si la pasión bastaría para salvar un matrimonio al que le faltaban los cimientos de la confianza mutua.

Unos días más tarde Teresa fue al pueblo con Rico a comprar regalos para Melinda y su hijo.

Era un día caluroso, hacía una brisa suave y dos de las lanchas que transportaban a los huéspedes del hotel esperaban en el puerto.

Al llegar, Teresa pensó que Tesoro parecía un pueblo de cuento. La calle principal era estrecha y a ambos lados había tiendas pintadas de colores brillantes en las que se vendían desde pasteles hasta espectaculares joyas.

Desde la pastelería salía al exterior un aroma a canela, tentando a los peatones.

Había tanto que ver que Teresa no paraba de mirar de un lado a otro para no perderse nada.

–¡Es precioso! –dijo, mirando a Rico, que caminaba a su lado–. Parece una postal.

–Eso dicen. De hecho, Sean y yo contratamos a un fotógrafo profesional para hacer postales. Los beneficios van directamente al pueblo y los ciudadanos votan cómo gastar los ingresos.

Teresa lo miró, admirada.

–En México no te interesaban los asuntos locales. Decías que solo te importaba el hotel.

Rico se encogió de hombros.

–Todo cambia.

Teresa suspiró, mirándolo de soslayo.

–No todo –susurró, consciente de que sus sentimientos por él nunca cambiarían.

–He visto dos barcos en el puerto, aparte de los botes de pesca locales –comentó.

Rico asintió y tras tomarle la mano a Teresa y enlazarla a su brazo, contestó:

–A veces llegan más turistas de lo habitual a Saint Thomas.

–Pero no permitís que amarren grandes barcos de cruceros.

Rico miró a Teresa.

—¿Cómo lo sabes?

Porque desde que había sabido que Rico iba a construir un hotel en Tesoro, había averiguado todo lo que pudo. Era la manera de saber qué hacía y dónde vivía, aunque no pudiera estar con él. Por eso supo que el abuelo de Melinda era el dueño de la isla, y que a Walter le gustaba mantener la privacidad de su propiedad. Pero también sabía que la población tenía que encontrar un modo de vida. Así que habían llegado a un término medio, dando permiso para que pudieran atracar pequeños barcos con turistas que proporcionaban beneficios a los isleños, mientras protegía Tesoro de grandes avalanchas.

Cuando contestó a Rico, fue con una verdad a medias.

—Cuando supe que mi padre y mi hermano venían, me documenté sobre la isla.

Rico frunció el ceño y Teresa lamentó que la mera mención de su familia le cambiara el humor. Pero prefería eso a dejarle saber que había estado pendiente de cada uno de sus movimientos.

—La verdad es que me sorprendió que tu familia eligiera la isla para da un golpe —dijo Rico—. Es una isla pequeña, así que es fácil localizar a los ladrones, y aún más, atraparlos.

Teresa sabía que el ego de su padre estaría tocado por lo que había sucedido; después de todo, se vanagloriaba de haber escapado de la policía de decenas de países.

–A mi padre le gustan los retos –dijo. Y no pudo evitar esbozar una sonrisa. Su padre había sido siempre cariñoso y tierno, y ella, a pesar de todo, lo adoraba.

–Estaría bien que se propusiera como reto no robar –dijo Rico con aspereza.

–Ya se lo he sugerido –Teresa alzó el rostro, exponiéndolo a la brisa, y suspiró–, pero…

–¿Los ladrones no pueden redimirse?

Teresa prefirió no contestar. Rico nunca entendería que Dominick mantenía vivo un legado de siglos. Lo que a ella le preocupaba era que ya no actuara con tanta destreza como en el pasado. Por otro lado, tampoco quería ver a su familia en la cárcel, y los Coretti tenían todo el dinero que necesitaban como para poder retirarse. Su padre no robaba por necesidad, sino por la aventura que representaba no saber qué depararía el día siguiente, estudiar la manera de asaltar una fortaleza, analizar parámetros de seguridad y desactivar equipos electrónicos de vigilancia. Por eso era tan difícil convencerle de que colgara los guantes.

–¡Dios mío! –se detuvo ante un escaparate–. ¡Qué preciosidad!

Se trataba de una joyería en la que había expuestos unos anillos, pulseras, pendientes y collares con una piedras azul verdosas que Teresa no había visto nunca. Su herencia genética asomó su fea cabeza y un brillo de avaricia destelló en sus ojos, como si tuviera la tentación de alargar la mano y tomarlas.

–Son topacios de Tesoro –dijo Rico, mirándola en el reflejo del cristal–. No los hay en ningún otro sitio.

–¿Así que su explotación proporcionaría un negocio rentable?

Rico rio.

–De vez en cuando un turista encuentra uno durante una excursión, pero solo los isleños saben dónde encontrarlos.

–Sería divertido organizar una búsqueda del tesoro –comentó Teresa.

–Estas joyas son diseños de Melinda –dijo Rico después de que Teresa continuara observando el trabajo de orfebrería.

–¿De verdad? –preguntó ella, admirada–. ¡Cuánto talento tiene! Me da envidia.

–Pero tú eres una gran chef mientras que ella no sabe nada de cocina –dijo él, tomándole la mano de nuevo–. Así que, por cuestión de supervivencia, prefiero tus habilidades.

Teresa se ruborizo de orgullo y por un segundo se dejó envolver en la calidez que le transmitían los ojos de Rico. Pero cuando, de un momento al siguiente, esa calidez se disipó, dijo, esforzándose por mantener un tono ligero:

–Si lo ha hecho ella misma, sería una tontería regalarle ese brazalete.

–Así es, y no sería la primera vez que le pasa –tras una última mirada al escaparate, se pusieron en marcha–. Cuando se prometieron, Sean le regaló un anillo que resultó ser uno de sus diseños.

Teresa rio. Tenía la sensación de que la realidad se había tomado un día libre, y que Rico y ella se comportaban como cinco años atrás. Pero también sabía que no podía durar.

Cuando le sonó el teléfono a Rico, lamentó que los interrumpieran en un momento tan mágico.

–¿Si? –contestó.

Miró a Teresa y a esta le desilusionó comprobar que su expresión volvía a ser fría y suspicaz.

–¿Qué ha pasado? –preguntó en tono de resignación.

–Una llamada de tu padre –dijo Rico–. Me la están pasando.

–¿Mi padre? –Teresa no sabía nada de él desde que se fue de la isla, entre otras cosas porque Rico le había confiscado el teléfono. Tomó el de Rico, intentando dominar la preocupación–. ¿Papá?

–*Bellissima*, ¿estás bien? –preguntó Nick con ansiedad–. No he podido contactar contigo.

–He… perdido el teléfono –dijo Teresa, lanzando una mirada a Rico, que sonrió con desdén. Una mentira más.

–Me alegro. Y ese King, ¿te está tratando bien?

–Estoy muy bien, papá. Rico ha sido muy… –Teresa miró a Rico. Este alzó una ceja con curiosidad–, amable.

Rico resopló, mientras que el padre de Teresa mascullaba algo en italiano que esta se alegró de que Rico no oyera. Luego dijo:

–Cuando todo esto haya pasado, *cara*, tendrás que contarme cómo te casaste con él sin decírmelo.

–Lo haré –prometió ella, aunque sabía que sería más una discusión que una charla.

–Pero por ahora –continuó su padre–, tenemos un pequeño problema.

–¿Problema? ¿A qué te refieres?

–No conseguimos localizar a Gianni –admitió su padre–, no contesta al teléfono, y no se ha puesto en contacto con nosotros. No está en Italia y nadie lo ha visto desde hace varias semanas.

Solo quedaban dos semanas para que se cumpliera el ultimátum de Rico, y si la daga no aparecía, la familia Coretti acabaría en la cárcel. En cuanto a lo que Rico decidiera sobre ella, Teresa no podía predecirlo.

–¿Habéis llamado a su apartamento de Londres? –preguntó ella sin apartar la mirada de Rico.

–Por supuesto. Paulo está de viaje, intentado dar con él –su padre sonaba harto de todo aquello–. Ahora mismo está en Mónaco. Si encuentra a Gianni me llamará al instante. Yo voy a Gstaad; el año pasado salía con una mujer de allí, así que a lo mejor…

Gianni podía estar en cualquier parte del mundo. Pero que no contestara el teléfono resultaba preocupante.

Se mordisqueó el labio mientras valoraba las distintas posibilidades. Luego se dio cuenta de que si habían detenido a un Coretti, habría aparecido en la prensa. Así que Gianni no estaba detenido.

–Papá, si no está en Suiza, llama a Simone, en París. Puede que sepa algo.

–Ah, claro –dijo su padre, más animado–. Simone y Gianni… –y pasó a hablar en italiano.

Teresa miró a Rico de soslayo y se arrepintió al instante. Sus ojos azules estaban velados y apretaba los dientes para controlar la ira.

–Todo irá bien, *bellissima* –dijo su padre finalmente–, pero puede que necesitemos un poco más de tiempo…

–Espera, papá –dijo Teresa, angustiada. Tomó aire y le explicó todo a Rico.

Sacudiendo a cabeza, Rico le quitó el teléfono y dijo en tono crispado:

–Señor Coretti, no tiene más tiempo. Quedan dos semanas. Si no aparece mi daga, entregaré las pruebas a la Interpol.

Teresa oyó a su padre maldecir y preguntar:

–¿Y qué pasa con mi niña?

Teresa contuvo la respiración a la espera de la respuesta. Rico la miró con ojos de hielo.

–Es mi mujer, y seré yo quien decida qué hacer.

Colgó y se guardó el teléfono en el bolsillo de la camisa.

–Dos semanas, Teresa –dijo, y le tomó la mano, pero en lugar de con ternura, como un carcelero a su prisionero–. Por ahora, vayamos a la bombonería a comprar el regalo de Melinda.

Solo quedaban dos semanas, y Teresa estaba convencida de que cualquiera que fuera el plan de Rico, no incluía mantenerla a su lado.

Capítulo Siete

Dos días más tarde, Rico llegó a casa antes de lo habitual.

Desde la llamada de Dominick había vuelto de nuevo la tensión entre Teresa y él, como si fueran conscientes de que el tiempo se agotaba y ninguno supiera qué iba a suceder.

La situación entre ellos había cambiado tanto en aquellas semanas que Rico ya no sabía si quería llevar a cabo su plan de venganza. Por el contrario, estaba más concentrado en Teresa y en lo que habían encontrado juntos.

Sabía que Teresa estaba angustiada por el temor de que su familia fuera a acabar en prisión. Y que él y sus amenazas la habían llevado a aquel punto. El problema era que ya no le gustaba ver a Teresa preocupada. Odiaba ser la causa de sus temores. Y odiaba estar cayendo de nuevo bajo su embrujo.

Aunque supiera que no podía confiar en ella, le daba lo mismo. Sus sentimientos hacia ella habían vuelto con renovada fuerza.

Se pasó la mano por el rostro con impaciencia. No veía la salida a un problema que él mismo había creado.

Caminando sigilosamente por su piso, a oscuras, fue hacia el dormitorio, donde Teresa lo esperaba. Pero al oír voces procedentes del interior, una de ellas de un hombre, se paró en seco.

Rico se acercó a la puerta de puntillas en lugar de entrar y tomarlos de sorpresa. Solo así podría averiguar de qué hablaban.

–Bastien, tienes que marcharte –oyó la voz de Teresa en un tenso susurro.

–No me iré sin ti –dijo el hombre, que tenía una voz grave y firme.

Rico sintió que le hervía la sangre y apretó los puños. Pero antes de actuar llevado por un ataque de celos, miró por la ranura de la puerta y vio a un hombre maduro, vestido de negro. Tenía un gran bigote y cejas pobladas. Claramente, no se trataba de un encuentro amoroso.

–Tu padre me ha enviado para que te rescate –dijo, mirando nerviosamente hacia la terraza–. No consigue encontrar ni a Gianni ni la daga.

Teresa suspiró.

–¿Tampoco estaba en París?

–No –el hombre bajó la voz aún más, e insistió–: Seguimos buscándolo, pero tu padre no quiere que sigas aquí con ese hombre. Le preocupa tu seguridad.

Rico frunció el ceño. ¡Como si él constituyera un peligro para Teresa! A pesar de la ofensa, se contuvo y espero a oír la respuesta de Teresa.

–Dile a mi padre que estoy bien, Bastien. No puedo dejar la isla.

—Claro que puedes. Tengo un barco de pesca atracado en el puerto —el hombre le tomó la mano a Teresa—. En la península nos espera un avión.

La ira cegó a Rico. De pronto lo tuvo claro. Teresa iba a hacerlo otra vez. Rompería su palabra y desaparecería.

Dio un paso adelante, decidido a detenerla, pero las palabras de Teresa lo contuvieron.

—No lo entiendes, Bastien —dijo, precipitadamente—, no voy a ninguna parte. Le he dado mi palabra a Rico y pienso cumplirla. Es mi marido y… me importa. No voy volver a hacerle daño. Me comprometí a quedarme un mes y pienso hacerlo.

Rico posó la mano en el marco de la puerta en busca de apoyo. Teresa acababa de dejarlo atónito. Le importaba… ¿eso significaba que lo amaba? Una llama le prendió en el centro del pecho, caldeándole el corazón. Habría querido entrar, estrechar a Teresa en sus brazos y mantenerla en ellos para el resto de su vida en común.

Cambió de posición para ver mejor a Teresa. Tenía el cabello recogido en una cola de caballo. Llevaba puesto el largo camisón verde que a él le gustaba tanto quitarle, con un batín corto blanco encima. Sus largas y torneadas piernas estaban desnudas y estaba plantada sobre ellas como si se prepara para pelear. Pero lo que verdaderamente le sorprendió fue la fiereza de su expresión. Estaba desafiando el intento de rescate de su padre… por él. Teresa lo había elegido.

—Tu padre va a enfadarse —dijo el hombre.

–Él fue quien me enseñó que la palabra dada es sagrada –dijo Teresa–. No voy a engañar a Rico. Dile a mi padre que encuentre a Gianni. Le quedan dos semanas para traer la daga.

Un inesperado sentimiento permeó el enfado de Rico hacia Dominick: la confianza. Y con esta, le envolvió una creciente calidez mientras observaba a la mujer que era su esposa. Por eso, aunque una parte de sí le recordaba que debía permanecer alerta, supo que aquella noche algo había cambiado entre ellos.

Haciendo acopio de la irritación que le despertaba el padre de Teresa, entró en el dormitorio abriendo la puerta de par en par. Tanto Teresa como el hombre se volvieron hacia él, sobresaltados. Ella pareció avergonzada mientras que el hombre al que llamaba Bastien permaneció impasible.

–Fuera de aquí –dijo Rico.

El hombre no necesitó que se lo repitiera. Fue hacia la terraza y solo se detuvo cuando Rico habló de nuevo:

–Abandona la isla esta misma noche –le advirtió–. Si te encuentro por aquí mañana, haré que te arresten.

El hombre asintió con la cabeza y desapareció.

–Puedo explicártelo todo –dijo Teresa, precipitadamente.

–No hace falta –Rico la miró y volvió a sentir una intensa emoción. Era tan hermosa; tan valiente y orgullosa. Y era suya. Al menos por el momento–. Lo he oído todo antes de entrar. Sé que lo enviaba tu padre.

Teresa resopló antes de alzar el rostro y mirarlo.

–Sí. Bastien es un amigo de la familia.

Rico sintió una indignación hacia Dominick que contuvo diciéndose que era lógico que intentara salvar a su hija.

–Así que tu padre ha organizado este plan de huida.

–Está preocupado por mí –dijo ella con un suspiro de frustración–. No encuentran a Gianni.

–¿Estás segura de ser tú quien le preocupa y no la posibilidad de ir a la cárcel? –preguntó Rico.

Un destello de indignación le iluminó los ojos a Teresa.

–También piensa en eso, pero ha mandado a Bastien por mí.

–Puede que sí. Pero ha sido una estupidez –dijo Rico, frunciendo el ceño–. Sacó el teléfono del bolsillo y se lo tendió–: Llámale.

Teresa respiró profundamente. Luego marcó el teléfono de su padre y cuando oyó descolgar, dijo:

–¿Papá? –miró a Rico–. Sí, he visto a Bastien. No me he ido con él.

Rico oyó al otro hombre gritar, y casi sonrió. También él odiaba que sus planes se frustraran. Como el suyo con Teresa… Pero decidió analizar las consecuencias más tarde.

–Deja que hable con él –alargó la mano y esperó a que Teresa le diera el teléfono. Dominick seguía gritando a su hija cuando él lo interrumpió y en tono amenazador dijo–: No vuelvas a intentarlo.

–Es mi hija. Quiero que esté a salvo –gritó Nick.

–Lo comprendo –dijo Rico. Él mismo habría hecho lo que fuera por salvar a un miembro de su familia. Pero eso no significaba que fuera a dejar actuar a Nick–. Teresa está a salvo conmigo. Pero si intentas llevártela de la isla, me ocuparé de que os encierren a ti y a tus hijos.

Al otro lado de la línea, Nick guardó silencio hasta que finalmente dijo:

–De acuerdo.

–Muy bien –Rico miró a Teresa y añadió, tanto para ella como para su padre–: Soy un hombre de palabra. Al final del mes, cuando tenga mi daga, os daré las pruebas que he reunido.

–Y liberarás a mi hija –dijo Nick con firmeza.

Rico sabía que eso era lo justo. Era su parte del trato. Además, llevaba cinco años intentado olvidar a su mujer. Pero en aquel momento, mirando a Teresa, Rico supo que no podía dejarla marchar.

Sí, había dado su palabra. Pero ni podía ni quería permitir que Teresa desapareciera. Formaba parte de su vida. Y sin ella… era impensable. Pero no era el momento de decírselo a su padre. Así que se limitó a confirmar:

–Hicimos un trato y lo cumpliré. Como espero que lo hagas tú.

Colgó y sintió que el suelo se movía bajo sus pies. Toda su vida había intentado ser un hombre de palabra, evitar las mentiras y los engaños. Y en aquel momento, la única manera que tenía de librarse de un compromiso que él mismo había establecido era rompiendo cada una de sus reglas personales.

Así que tenía que encontrar otra solución.

—Está asustado —dijo Teresa, sacándolo de sus reflexiones.

—Lo sé —dijo Rico, posándole la mano en la mejilla a Teresa—. Cualquier padre lo estaría. Pero quiero que me digas por qué no te has ido con Bastien.

Teresa guardó silencio, como si buscara las palabras adecuadas. Finalmente, dijo:

—Hace cinco años tomé la decisión equivocada. Esta noche no he querido cometer el mismo error.

Como siempre que se mencionaba el pasado, Rico se tensó.

—Cuéntamelo —dijo Rico. Y esa única palabra pareció liberar a Teresa de una tensión que la había atenazado durante años.

Cuando miró a Rico, este vio que tenía los ojos húmedos. Él le tomó la mano y, sentándola a su lado en la cama, repitió:

—Cuéntamelo.

Teresa intentó sonreír, pero fracasó.

—Muy bien, pero antes debes saber que cuando cumplí dieciocho años le dije a mi padre que no iba a ser una ladrona, que quería otro tipo de vida.

Rico no se esperaba aquello, y no pudo evitar reír quedamente. Teresa lo miró, airada.

–Perdona –dijo él–, pensaba en cómo se lo debió tomar tu padre.

En aquella ocasión, Teresa esbozó una sonrisa.

–Fatal. Fue una terrible desilusión. Pero aunque no lo comprendía, acabó por respetar mi decisión.

Rico tuvo que reconocer que Nick Coretti había actuado como un buen padre, aunque eso no significara que fuera a perdonarlo.

–Luego conseguí un trabajó en tu hotel, y le pedí a mi familia que no se inmiscuyera–continuó Teresa titubeante. Sonrió con tristeza–. Normalmente me hacían caso para no crearme problemas en el trabajo. Pero eso cambió cuando supieron que estaba trabajando para Rico King.

Teresa sacudió la cabeza y volvió a mirarlo.

–La tentación fue demasiado grande. La riqueza de los huéspedes de Castillo era por sí misma atractiva, pero había algo más: habían leído algo sobre la daga que poseías.

Rico lo recordaba. Le habían entrevistado para una revista nacional y el periodista le había hecho preguntas sobre la daga azteca que exhibía en una vitrina.

–Sé a lo que te refieres. Continúa.

Teresa asintió y entrelazó las manos en el regazo, moviendo los dedos nerviosamente hasta que Rico detuvo el movimiento posando su mano sobre las de ella.

–Mi hermano mayor, Gianni, adora las antigüedades, y decidió que quería apoderarse de ella.

Una vez tomada la decisión, mi padre y Paulo lo siguieron —Teresa asió a la mano de Rico con fuerza—. Te juro que no sabía que iban a dar un golpe en el hotel hasta que sucedió.

Mirando aquellos ojos marrones que lo miraban con tristeza y arrepentimiento, Rico solo pudo asentir. La creía. Y probablemente lo habría hecho desde el principio de no haber estado devastado por el dolor de perderla.

Teresa continuó:

—Cuando descubriste que la daga había desaparecido, sospeché de mi familia. Luego contactaste a la policía y juraste dar con los ladrones, costara lo que costara.

Rico también recordaba aquello. La furia que había sentido, la obsesión por recuperar la daga que había heredado de su padre.

—Mientras estabas con la policía, busqué en el libro de registro y descubrí uno de los apellidos que mi familia usaba como alias.

Rico pensó que Teresa había crecido en un medio muy distinto al suyo. Mentir había sido para ella una segunda piel; la forma natural de comportarse. Y no pudo evitar admirar su determinación de romper con todo aquello. Se requería mucha fuerza para dar la espalda a la propia familia.

—Gianni ya había huido con la daga. Paulo y mi padre estaban haciendo las maletas —Teresa se estremeció—. Ya habían mandado por correo a nuestra casa de Londres las piezas que habían robado a tus huéspedes.

Rico sabía que se trataba de diamantes, rubíes y esmeraldas.

–Supliqué a mi padre que llamara a Gianni, que le obligara a devolver la daga, pero era demasiado tarde. Mi hermano había tomado un avión en cuanto… –Teresa calló bruscamente.

–En cuanto la robó –concluyó Rico por ella.

–Sí. Era imposible ponerse en contacto con él y no creo que hubiera logrado convencerlo –Teresa suspiró y se retiró un mechón de cabello de la cara–. Quizá si le hubiera dicho que estábamos casados… Pero no pude. Tú estabas furioso, decidí que tenía que irme y no tenía sentido herir a mi padre hablándole de un matrimonio que, en cualquier caso, tenía que terminar.

Rico apretó los dientes. Una vez recuperó la calma, dijo:

–Eso explica el robo y por qué le ocultaste lo nuestro a tu familia. Pero no me has dicho por qué los elegiste a ellos en lugar de a mí.

Teresa respiró profundamente y se puso en pie. Mirando a Rico, se rodeó la cintura con los brazos.

–Dejé a Paulo y a mi padre haciendo las maletas y volví a nuestra suite. ¿Recuerdas cómo estabas y lo que decías?

–No –dijo Rico, que solo recordaba la ira que lo embargaba.

–Yo sí. Dijiste que aunque fuera lo único que hicieras en la vida, atraparías a los ladrones. Que tú y yo los encontraríamos. Y me preguntaste si había visto u oído algo extraño en el hotel.

–Y tú me mentiste.

–Sí –Teresa tragó saliva y asintió con la cabeza–. Te mentí para proteger a mi familia.

El vínculo que unía a Teresa con su familia era profundo, probablemente más que el que la unía a su nuevo marido y a un futuro sin definir.

–Porque no podía impedir que los descubrieras. No podía hacer lo que necesitabas que hiciera, pero tampoco podía quedarme y no ayudarte. Habría vivido una mentira a diario, rezando para que no descubrieras mi secreto –Teresa sacudió la cabeza con tanta fuerza que la coleta se le movió como un péndulo–. Fue un desastre. Cualquier decisión que tomara afectaría a alguien a quien amaba. No podía mentirte, pero pensé que era mejor una única mentira que una vida repleta de ellas.

–Deberías habérmelo dicho –dijo Rico, poniéndose de pie y posando las manos en los hombros de Teresa–. Deberías haber confiado en mí.

Teresa rio, abatida.

–¿Qué podía decirte, que los ladrones eran mi familia y que por favor no los denunciaras?

Rico frunció el ceño, pensativo.

–¿Habrías creído que yo no tenía nada que ver con el robo? –preguntó Teresa, adoptando un tono airado–. Lo primero que dijiste al verme aquí fue que me había casado contigo para que mi familia tuviera acceso a tu maldita daga.

Rico se sintió avergonzado. Era cierto que esa era la conclusión a la que había llegado, pero en el fondo siempre había pensado que no tenía sentido, por más que hubiera intentado convencerse de ello. Los Coretti eran unos ladrones magistrales; no necesitaban utilizar a Teresa. Habían dado el golpe y habían salido del país antes de que se descubriera el robo.

No, había decidido culpar a Teresa movido por el orgullo. La herida que ella le había causado al desaparecer había sido tan profunda que había preferido aferrarse a aquella mentira que aceptar que Teresa había optado por mantenerse leal a su familia.

—Tienes razón —dijo con la voz quebrada.

Teresa parpadeó, atónita.

—¿Disculpa?

Rico esbozó una sonrisa. Teresa tenía motivos para sorprenderse. Hasta aquel momento, no había aceptado ninguna de sus explicaciones.

—He dicho que tienes razón. Me equivoqué —tomó el rostro de Teresa entre sus manos y la miró fijamente para que le creyera—. Sé que no participaste en el golpe; y en parte entiendo la decisión que tomaste.

Teresa resopló, aliviada.

—Gracias.

—Pero quiero saber por qué hoy has tomado la decisión contraria, Teresa.

Ella dejó que su peso descansara en él.

—Porque no quería volver a hacerte daño, Rico. Porque esta vez tú eras más importante. Tenía que confiar en ti.

—Buena respuesta —musitó Rico, besándola.

Iba a ser un breve beso, pero Teresa se abrazó a él y lo besó profundamente. Rico gimió y la estrechó con fuerza y, alzándola del suelo, la echó sobre la cama y se tumbó a su lado. Luego se incorporó sobre un codo y miró intensamente sus ojos castaños antes de volver a besar a la única mujer en el mundo que se había apoderado de su corazón.

Rico se reunió con Sean en un restaurante del puerto. Habían pasado dos días desde que Teresa rechazara la oportunidad de huir, desde que lo había elegido a él por encima de su familia. Le encantaba saber que Teresa estaba de su lado, pero no podía evitar inquietarse ante la posibilidad de que su familia no devolviera la daga.

Porque, si ese era el caso, él tendría que cumplir su amenaza y entregar a la Interpol las pruebas que había reunido a lo largo de los años. Con ello, perdería a Teresa. Ella jamás le perdonaría.

Por otro lado, si le entregaban la daga, tendría que cumplir la promesa de dejar ir a Teresa y otorgarle el divorcio. No podía retenerla sin romper su palabra y no podía dejarla ir sin perder una parte de su alma.

El tiempo pasaba inexorable. Con cada latido de su corazón las agujas del reloj avanzaban a final de mes, y de la estancia de Teresa. Y Rico no soportaba esa idea.

—¡Qué mala cara tienes! —dijo Sean, dando un sorbo a su cerveza.

–Gracias –Rico imitó a su primo para ver si la cerveza le deshacía el nudo que tenía en la garganta, pero no hubo suerte–. ¿Qué tal están Melinda y Stryker?

Sean sonrió de oreja a oreja.

–Genial –sacudió la cabeza–. El bebé nos mantiene despiertos toda la noche, pero no me importa. Aunque me siento como un zombi, nunca lo había pasado tan bien.

Rico ignoró la punzada de envidia que lo asaltó. No tenía sentido desear cosas que nunca llegarían a pasar. «A no ser», dijo una voz en su interior, «que Teresa esté ya embarazada. Eso resolvería tus problemas: permaneceríais casados y tendrías la familia que siempre has querido tener».

Se irguió en el asiento mientras la idea tomaba forma en su cabeza.

–Has dicho que querías hablar –dijo Sean, sacándolo de sus reflexiones–. ¿Qué pasa?

–Muchas cosas. Pero la principal es que no sé qué hacer con Tersa.

–Ah –dijo Sean, conteniendo la risa–. ¿El plan ha fallado? No comprendo por qué. Aunque creo recordar que te dije algo al respecto –añadió con sorna.

Rico hizo una mueca.

–Gracias, eres una gran ayuda. No hay nada mejor que oír «ya te lo decía yo».

–Me encanta serte útil –dijo Sean, tomando un nacho y metiéndoselo en la boca con una amplia sonrisa.

–Vale. Yo me he equivocado y tú tenías razón –dijo Rico, diciéndose que debía haber adivinado que su primo iba a disfrutar tomándole el pelo. Se inclinó sobre la mesa y continuó–: Su padre contrató un hombre para rescatarla. Parece que no ha encontrado a su hijo y que necesita más tiempo.

–Deduzco que Teresa no se ha ido.

–Así es –dijo Rico. Y tras dar un trago, añadió–: Rechazó el plan de huida.

–Interesante –dijo Sean con ojos chispeantes–. Aparte del plan de liberación fallido, ¿crees que su padre solo quiere ganar tiempo?

–Es posible –admitió Rico–, pero no sé si asumiría tal riesgo con su familia. Así que si es verdad que necesita más tiempo, ¿qué hago?

–¿Qué quieres hacer?

Rico miró a su primo con impaciencia.

–Si lo supiera, no te lo preguntaría.

Sean rio.

–Muy bien. Pues no les des una extensión. La familia de Teresa no me cae bien. Son unos ladrones –se encogió de hombros–. Aunque dudo que a ella vaya a gustarle que los mandes a la cárcel.

–Precisamente.

Rico había confiado en que hablar con su primo le ayudara a aclararse, no a confirmar sus dudas.

–Pero quizá sea mejor que sigas tus instintos –dijo Sean sin dejar de sonreír–. Tú quieres a Teresa y ella quiere salvar a su familia. Haz lo que sea necesario para que todo el mundo esté contento.

–¿Y dejar que los ladrones escapen?

–Se trata de una familia, amigo –dijo Sean, y su sonrisa se diluyó en un ceño reflexivo–. Piensa en los King. Haríamos cualquier cosa por nuestra familia.

Rico sabía que Sean tenía razón. La respuesta, vista así, parecía sencilla. Un King lo arriesgaría todo por su familia. Y Teresa, y quizá el bebé que llevaba en su vientre, eran su familia.

Pasó otra semana y Teresa creía poder oír el inexorable tictac del reloj en su cabeza. Cada mañana despertaba al lado de Rico y cada noche la pasión se renovaba. Y cada día que pasaba era uno menos que le quedaba con él.

Sentada en una hamaca, en la playa privada de la casa de Rico, recogió los pies bajo el trasero, contempló la parte de paraíso que representaba Tesoro y suspiró. Un yate estaba amarrado en su muelle privado y los remates de bronce centelleaban bajo el sol.

–¡Oh, Dios mío! No quiero marcharme –dijo.

Adoraba la vida relajada de la isla, estar rodeada de tanta belleza natural; trabajar en el hotel y haber hecho amigos entre el personal, además de Melinda y Sean. Pero por encima de todo, adoraba estar con Rico. Era como si sus sueños se hubieran vuelto realidad.

Pero lo malo de los sueños era que terminaban al despertar.

El viento marino le golpeaba el rostro; las olas rompían en la orilla, y la bruma humedecía el aire; el barco crujía, mecido por el revuelto mar. En el horizonte se acumulaban las nubes, anunciando una tormenta; y los pájaros que descansaban en el árbol que tenía a su espalda, parecían piar como si quisieran advertirle de la llegada de la lluvia.

El viento tomó fuerza, lanzando granos de arena que le acribillaron la piel, pero ella no lo notó porque el dolor de su corazón era más profundo. ¿Qué sería de ella sin Rico?

—Te estaba buscando.

A Teresa no le extrañó oír la profunda voz de Rico. Tenía la sensación de haberlo conjurado, y pensó con melancolía que ojala en el futuro fuera tan sencillo invocarlo con solo pensar en él.

—Pero no estabas preocupado, ¿verdad? —preguntó, alzando la mirada y usando la mano de visera para protegerse los ojos—. Creía que ya te había demostrado que no voy a marcharme de la isla hasta que acabe el mes.

Rico se puso de cuclillas a su lado y le retiró un mechón de cabello tras la oreja.

—Así es, me diste tu palabra —dijo sonriendo—. Solo quería saber si te gustaría ir de excursión.

El viento le alborotaba el cabello a Rico, llevaba una camisa con los primeros botones desabrochados y las mangas dobladas, unos vaqueros gastados de aspecto cómodo y estaba descalzo, lo que, por alguna extraña razón, incrementaba su virilidad. Era un orgasmo andante.

–¿Contigo?

–No, con Sean –bromeó Rico.

–¡Muy gracioso! –dijo ella, tendiéndole la mano para que la ayudara a levantarse.

Durante la última semana, Rico había sido especialmente atento, seductor y romántico, tal y como cuando se habían conocido. Cada día pensaba en una nueva aventura. Habían pasado un día en el yate, nadando en aguas profundas y haciendo el amor en cubierta; cenaron en el pueblo, a la orilla del mar, y acabaron bailando bajo la luz de la luna; incluso la había llevado a buscar topacios. También habían hecho picnics en la playa, tardes sesteando en las hamacas; largos paseos y noches ante la chimenea, ante un fuego más romántico que necesario.

Había sido una semana perfecta, pero en todo aquel tiempo, él no había mencionado la posibilidad de que se quedara, ni de que no quisiera divorciarse de ella.

Así que Teresa había asumido que todo aquel romanticismo era su forma de decirle adiós. Y eso le rompía el corazón.

Pero había decidido no dejarle saber que intuía lo que estaba haciendo; o que la idea de separarse de él le hacía sentir vacía.

Si Rico quería convertir aquellos últimos días en especiales, lo mínimo que podía hacer ella era seguirle el juego. Ya tendría tiempo de llorar las lágrimas que amenazaban con brotarle constantemente.

Así que sonrió para que supiera el placer que sentía estando a su lado.

—¿Vamos en barco o en coche?

—Para lo que tengo pensado, tenemos que ir en coche.

—Fenomenal.

Teresa recogió sus sandalias y siguió a Rico por el césped del jardín delantero de la casa. Bajo la sombra de un árbol esperaba un deportivo rojo.

Una vez sentados y con los cinturones abrochados, Rico arrancó, pero en lugar de dirigirse al pueblo giró a la izquierda por una carretera estrecha.

—Llevas aquí casi tres semanas —dijo, elevando la voz por encima del motor—, y he pensado que querrías ver el resto de la isla.

«Antes de marcharte», añadió para sí Teresa, y sintió un dolor intenso en el pecho, pero decidió ignorarlo.

—Gracias. Tienes razón.

Para que Rico no viera la tristeza en su rostro, desvió la mirada y contempló el paisaje por la ventanilla.

El paisaje se fue transformando a medida que se alejaban de la casa de Rico. La selva se hacía más densa, convirtiéndose en una pared verde que los rayos del sol apenas podían traspasar. Fue como atravesar un túnel de hojas, al final del cual, Teresa se quedó admirada con la belleza que los rodeaba: amplios prados con flores silvestres que se mecían en la brisa; algunos parches de tierra cultivada;

un pequeño viñedo. Y en el límite de la isla, una playa con una arena tan blanca y resplandeciente que cegaba los ojos.

–¡Es precioso! –exclamó, inclinándose hacia Rico para que la oyera.

Rico sonrió.

–¿Verdad? –dijo mirándola–. Pues lo que te voy a enseñar ahora te va a dejar sin aliento.

Teresa pensó que eso también le pasaba cuando miraba a Rico, pero se limitó a decir:

–Estoy deseando llegar.

Rico rio y aceleró. La carretera era estrecha y sinuosa y Teresa deseó que el trayecto no acabara nunca. Seguir junto a Rico, rumbo a una aventura, con el viento sacudiéndole el cabello y el sol acariciándole la cara habría bastado para que se sintiera feliz el resto de su vida. Pero en cierto momento, Rico salió de la carretera y apagó el motor.

Teresa miró a su alrededor y vio una pared rocosa a cuyo pie había un grupo de árboles que proporcionaban una invitadora sombra.

–¿Dónde estamos?

–Ya lo verás –Rico bajó del coche y lo rodeó para abrirle la puerta–. Deja aquí las sandalias; no vas a necesitarlas.

Y tomándole la mano la condujo por un estrecho sendero hacia la fresca sombra de los árboles. Se oía piar a los pájaros, el soplo del viento y, como un murmullo continuo de fondo, el mar. A medida que avanzaron, descalzos sobre la arenosa tierra, el murmullo se fue intensificando y perdió el tempo apacible al que Teresa había llegado a habituarse.

–¿Qué es eso?

–Un momento y lo verás tú misma –dijo él, sonriendo.

Usando como peldaños unas rocas gastadas, la condujo por un camino que descendía entre los árboles. El rumor se hizo ensordecedor, y Teresa creyó adivinar lo que iba a encontrarse. Pero solo acertó a medias.

Al llegar a un claro, vio la cascada que había intuido como destino. Lo que no había esperado fue la espectacularidad del entorno. Era un rincón remoto, oculto. El agua que resbalaba desde una roca elevada caía en una poza que se vaciaba en un arroyuelo cuyos meandros se perdían en la jungla que los rodeaba.

Los árboles proporcionaban sombra a la poza; helechos y musgo surgían de las rocas que se elevaban a ambos lados de la cascada; y sobre la superficie surgían burbujas por la fuerza con la que chocaba el agua al caer.

Rico sonrió al ver la expresión del rostro de Teresa, y la condujo hasta la poza.

–Esto es maravilloso –dijo ella, mirándolo–. Gracias por haberme traído.

La sonrisa se borró de los labios de Rico.

–Quería venir aquí contigo. Nunca viene ningún turista, así que es donde acudo cuando necesito estar solo –dijo él, mirando en torno antes de volver la mirada hacia Teresa.

A Teresa le conmovió que compartiera aquel secreto con ella. ¿Con quién lo haría en el futuro? ¿Cómo podría seguir viviendo ella sabiendo que algún día encontraría a otra mujer?

–¿Teresa? –Rico la miró con gesto preocupado–, ¿estás bien?

–Perfectamente –forzó una sonrisa–. Debería haber traído un bañador.

Rico sonrió con picardía.

–No lo necesitas.

Un remolino giró en el vientre de Teresa, que, imitando a Rico, se desnudó. En unos segundos, saltaban a la poza y nadaban tras la cortina de agua.

Teresa se abrazó al cuello de Rico y se estrechó contra él. El agua caía sobre ellos y a su alrededor, aislándolos en una burbuja privada, ajena al mundo. Allí estaban ellos dos solos, tal y como Teresa habría querido permanecer para siempre.

Cuando él la besó, Teresa puso en aquel beso toda su alma, queriendo transmitirle el amor que sentía.

Rico deslizó la mano a su núcleo y se lo acarició hasta que Teresa se retorció entre sus brazos. Cuando llegó el orgasmo, se asió a Rico, sus bocas se fundieron, sus alientos se mezclaron y durante un instante perfecto, fueron uno.

Más tarde, tras hacer el amor en un parche de hierba caldeada por el sol, ambos yacían juntos, al lado de la cascada. Solo se oía el rugido del agua, y Teresa se debatía entre la felicidad del instante y la tristeza de saber que era pasajera.

–¿Qué vas a hacer cuando pase el mes?

Teresa giró la cabeza hacia Rico.

–No lo sé. Supongo que iré a mi apartamento de Nápoles.

–He estado pensando en todo esto, Teresa –dijo él con gesto sombrío.

–¿De verdad? –preguntó ella, esperanzada. ¿Podría Rico olvidar el pasado? ¿Le pediría que se quedara?

–Sí –dijo él, incorporándose sobre el codo para mirarla. Pero en sus ojos había una solemnidad que hizo que Teresa se preparara para lo peor. Rico añadió–: He pensado que no deberías marcharte.

Teresa sintió que los nudos que le encogían el corazón se relajaban por primera vez en años.

–¿Quieres que me quede? –preguntó, queriendo oírselo decir.

–Sí –dijo él–. Al menos hasta que sepamos si estás embarazada.

Aquella era la razón por la que Teresa no solía alimentar esperanzas vanas. Cuanto mayor era el globo que se hinchaba, más dura era la caída cuando estallaba.

Rico no la quería a ella, sino al niño que podían haber concebido. No hablaba de un nuevo comienzo, de una nueva oportunidad. Seguían en la casilla de salida.

–Quieres que me quede por si estoy embarazada –dijo, como si necesitara expresarlo ella misma.

–Hay muchas posibilidades de que lo estés –dijo él, posando la mano en su vientre como si ya lo estuviera–. Y si lo estás, te quedarás conmigo. No habrá divorcio.

Teresa se separó de él y, poniéndose en pie lentamente, miró con desilusión y una infinita tristeza al espectacular hombre que yacía desnudo al sol.

–Solo me quieres si estoy embarazada –dijo de nuevo con la sensación de que tenía piedras en la garganta.

–No he dicho eso –dijo él, poniéndose de pie a su vez.

–No hace falta –dijo ella, retirándose el mojado cabello de la cara–. Soy una imbécil.

–Teresa, ¿no ves lo bien que estamos juntos? Seguir casados no sería un sacrificio para ninguno de los dos.

El tono sensato y paciente de Rico hizo que Teresa quisiera gritar.

–No, Rico. No pienso seguir con un matrimonio porque no sea un sacrificio.

–Estás tergiversando mis palabras a propósito.

–No –dijo airada, a la vez que se vestía bruscamente–. Te has expresado con toda claridad.

Rico se vistió también, aunque más pausado.

–No tiene sentido que te enfades.

–¿De verdad? –dijo Teresa, poniéndose la camiseta–. ¿Cómo reaccionarías tú si te pidiera que no entregaras a mi familia?

Rico se quedó paralizado y sus ojos azules se convirtieron en dos hielos.

–¿Les dejarías ir? –insistió Teresa, aunque no necesitaba respuesta.

Pero Rico la sorprendió una vez más.

–¿Qué tendría a cambio de no denunciarles? –preguntó con la misma frialdad que trasmitía su mirada.

Teresa se retiró el cabello del rostro.

–Me quedaría contigo.

–¿Hasta cuándo?

Teresa sintió la humillación de chantajear a su marido para poder mantener su matrimonio vivo. Pero todavía confiaba en que, si pasaban tiempo juntos, Rico terminara amándola.

–Para siempre –dijo, perdiendo el último gramo de orgullo–. O hasta que tú quieras.

Rico resopló y suspiró profundamente. Su mirada estaba velada; era imposible saber lo que pensaba. Teresa sintió que pasaba un siglo antes de que Rico dijera con firmeza:

–De acuerdo. Los Coretti siguen libres y tú te quedas conmigo.

Teresa supo que debía estar contenta de conseguir lo que quería: quedarse con Rico; pero lo que sintió fue un profundo vacío. Solo le quedaba confiar en que lograría conquistar el corazón de Rico con el tiempo.

***

Las cosas no habían salido como Rico había planeado.

Durante la semana se había comportado como un marido perfecto con la esperanza de que Teresa le pidiera quedarse. Así él podría mantener su palabra y su orgullo intactos.

Pero Teresa le había desbaratado los planes. Y Rico recorría su despacho, dos días más tarde, como un animal enjaulado.

–La idea era decirle que no le dejaría marchar si estaba embarazada –masculló, pasándose la mano por la nuca.

Pero no había podido hacer otra cosa. Deseaba a Teresa. Aún más: la seguía amando. Sin embargo, no podía decírselo y dejar en sus manos todo el poder de la negociación. Y como consecuencia, tenía una esposa que aceptaba ser rehén en beneficio de su familia. Había cambiado su libertad por la de ellos, y él jamás sabría si había decidido quedarse porque lo amaba.

–Idiota –dio una patada al escritorio y pensó que se merecía el dolor que sintió.

Cuando oyó que su secretaria lo llamaba por el telefonillo, gruñó:

–No quiero que me molesten.

–Lo sé, señor, pero un hombre quiere verlo. Dice que es urgente.

Rico frunció el ceño.

–¿Quién es?

–Dice llamarse Gianni Coretti, y que usted lo está esperando.

Capítulo Ocho

Rico sintió una mezcla de rabia y de satisfacción. Por fin tenía alguien en quien volcar su ira.

—Hágale pasar.

Gianni Coretti era alto, tenía los ojos marrones, el cabello negro y el aspecto de alguien impaciente. Vestía un traje impecable y parecía más un alto ejecutivo que un ladrón.

Cruzó la habitación y le tendió la mano a Rico, que este ignoró.

—He oído hablar mucho de ti a mi padre y a mi hermano —dijo Gianni, dejando caer la mano.

Rico enarcó una ceja.

—Supongo que nada bueno.

—En absoluto —dijo Gianni sonriendo—, pero supongo que te da lo mismo. Traigo lo que querías —metió la mano en el bolsillo de la chaqueta y sacó un paquete envuelto en una tela.—. Te la daré en cuanto me entregues la información que tienes sobre mi familia.

Rico se limitó a cruzarse de brazos, con tono frío dijo:

—Enséñame la daga primero.

Gianni dejó escapar una risita y sacudió la cabeza.

–Ese es el gran problema del mundo hoy en día: la desconfianza.

A Rico le hizo gracia el comentario.

–Esa es una frase extraña para ser pronunciada por un ladrón.

–Ya. Pero no puedo evitar que me entristezca lo cínico que se ha vuelto el mundo.

Rico no había previsto que el hermano de Teresa le cayera bien, pero así era.

–Supongo que dificulta los robos.

–Así es, pero eso es secundario –dijo Gianni, a la vez que desenvolvía el paquete cuidadosamente–. Es... magnífica –añadió, mirando la daga como si fuera una amante–. Delicadamente tallada, mango de piedras preciosas... Pero lo que más me gusta es lo que representa como pieza histórica –miró a Rico–. Supongo que a ti también.

–Así es –dijo Rico, lanzando una mirada superficial hacia la pieza–. Ha pertenecido a mi familia desde hace siglos, y todos los que la hemos poseído hemos sentido esa conexión especial con la historia.

Gianni asintió sin dejar de estudiarla.

–Te la quité porque me atrajo su belleza y su valor –se encogió de hombros–. No puedo evitar que me gusten las cosas hermosas.

–Que pertenecen a otros.

–Puede ser –dijo Gianni, encogiéndose de nuevo como si eso fuera un pequeño detalle sin importancia.

Rico estaba fascinado. Lo que debía haber sido

un encuentro breve, un rápido intercambio, parecía más una reunión de viejos amigos.

—Como te decía —continuó Gianni—, cuando la vi por primera vez solo fui consciente de su valor. Pero no me decidí a venderla, y acabó formando parte de mi colección y convirtiéndose en un talismán.

—¿Qué quieres decir? —preguntó Rico, llevado por la curiosidad a pesar de sí mismo.

—Cuando la sostuve en mis manos, sentí por primera vez en mi vida el peso de la historia —dijo Gianni, pensativo—. Y me di cuenta de que hasta ese momento no me había limitado a quitar cosas a la gente, sino pequeños fragmentos de sus vidas.

Rico lo miró sorprendido. Aquel no era el tipo de comentario que uno esperaba oír de boca de un ladrón.

—A mí también me sorprendió —dijo Gianni, sonriendo al ver su cara.

—No me parece que tu hermano y tu padre compartan la misma filosofía.

—No —Gianni rio, sacudiendo la cabeza—. Al menos, por ahora. Pero todo cambia, ¿no crees?

Rico le había dicho eso mismo a Teresa hacía poco. Pero en aquel momento solo podía pensar que algunas cosas no cambiaban nunca. Él siempre la amaría. Y por eso mismo se dio cuenta de lo que debía hacer: dejarla ir.

Siempre había creído que el cliché de que amar a alguien era darle libertad era una estupidez. Su opinión era que si se amaba algo había que aferrarse a ello y no soltarlo nunca. Pero de pronto comprendía el significado de aquella frase, y que no le quedaba otra opción.

Teresa había renunciado a sí misma y se sacrificaba una vez más por su familia. En la primera ocasión, él no había podido hacer nada. Aunque si era sincero consigo mismo, no estaba seguro de qué habría hecho si ella le hubiera contado la verdad. ¿Habría sido capaz de ver más allá de su propio enfado? Teresa le había ocultado muchas cosas, pero ¿había sido él más honesto? Se habían enamorado tan rápidamente y llevaban casados tan poco tiempo que no habían podido tender los puentes de confianza mutua necesarios para superar las adversidades.

¿La habría hecho arrestar cinco años atrás? No lo sabía. Solo sabía lo que debía hacer en aquel momento.

—Tu ultimátum ha obligado a mi familia a buscarme por toda Europa —dijo Gianni.

Rico rio.

—Tu padre piensa que deberías contestar al teléfono cuando te llama.

—Si lo hiciera, me llamaría todo el rato —dijo Gianni con una sonrisa.

—A mí me pasa lo mismo con mi familia.

Rico pensó que era un lástima que se conocieran como enemigos, pues intuía que podían haber sido buenos amigos.

—Bueno, creo que tenemos una tarea entre manos —dijo Gianni teniéndole la daga—. Aquí tienes tu propiedad. Ahora, me gustaría ver las pruebas que posees.

Rico fue hasta el escritorio, abrió el primer cajón, sacó un sobre y se lo dio.

—Esto es todo lo que he reunido en cinco años —y casi como un halago, añadió—. No es demasiado.

—Los Coretti somos muy esquivos —dijo Gianni sonriendo.

—Ya me he dado cuenta —dijo Rico. Y tomó la daga.

Sintió el peso de la pieza de oro, sólida y fría, en la mano. Pero no experimentó la satisfacción que esperaba. Recuperar la daga se había convertido en una obsesión, pero a cambio, iba a perder a la mujer que amaba.

Gianni abrió el sobre, echó una ojeada a los documentos que contenía y emitió un silbido.

—Esto podría haber metido a mi familia entre rejas un buen tiempo —devolvió las páginas al sobre—. Dime, ¿de verdad habrías entregado a la familia de Teresa?

Rico dejó la daga sobre el escritorio, luego se pasó la mano por el cabello y miró al hombre que lo observaba en silencio. Había llegado el momento de ser totalmente sincero.

—Si me hubieras preguntado eso hace dos semanas te habría dicho que sí sin dudarlo —dijo finalmente—. Pero ahora…

La expresión de Gianni se suavizó.

—Amas a mi hermana, ¿verdad?

–Sí.

–Me temo que eso hace más difícil lo que tengo que decirte: debes cumplir tu parte del trato y liberarla.

–Lo sé.

Gianni enarcó las cejas.

–Me sorprendes. Pensé que tendría que convencerte.

–Lo justo es que la deje ir –dijo Rico con un profundo dolor. Perder a Teresa le rompía el corazón. Pero quizá, si la dejaba ir, tendría otra oportunidad en el futuro.

–Mi padre tenía razón –dijo Gianni–. Eres un hombre peligroso.

Antes de que Rico pudiera preguntar a qué se refería, se abrió la puerta de par en par y Teresa entró como una exhalación. Llevaba puesto el uniforme de chef y, en cuanto cerró la puerta a su espalda, se quitó el gorro y lo dejó caer.

–Teresa, estás guapísima –dijo Gianni afectuosamente.

–Gianni, no pienso irme de aquí –dijo ella con firmeza.

–¿Cómo has sabido que Gianni estaba aquí? –preguntó Rico.

–Me ha llamado tu secretaria, pero estaba haciendo un suflé y he tenido que esperar a sacarlo del horno.

Rico suspiró. Teresa tenía amigos en todo el hotel y, aparentemente, estaban dispuestos a servirle de espías.

–Tu hermano estaba a punto de marcharse. Y tú con él. Puedes volver con tu familia.

Teresa lo miró como si la hubiera abofeteado.

–Ya lo hemos hablado, Rico –dijo, poniendo los brazos en jarras–. Voy a quedarme.

–Pero lo he pensado –dijo Rico sin mirarla–. Hicimos un trato y el mes ha concluido.

–¿Y si estoy embarazada? –preguntó ella.

–¿Embarazada? –preguntó Gianni, mirando a Rico con inquietud.

Rico ignoró a Gianni con un gesto de la mano. Solo le importaba Teresa.

–¿Lo estás?

–No –dijo ella, mordisqueándose el labio.

Rico sintió una profunda desilusión. Aun así, estaba decidido a actuar correctamente. No podía chantajearla para que fuera su esposa. Y puesto que razonar no servía de nada, optó por dar rienda suelta al enfado que lo corroía.

–¿Crees que quiero que te sacrifiques por tu familia otra vez? –sacudió la cabeza–. No, Teresa, te puedes marchar y hacer con tu vida lo que quieras.

–Nadie le ha pedido que se sacrifique por…

–Cállate, Gianni –le cortó Teresa. Y fue hacia Rico con determinación.

Él vio que sus ojos centelleaban y la amo más que nunca. Era una mujer magnífica, lo era todo para él. Y la única manera de demostrarlo era obligarla a marcharse.

–No quiero que te quedes –exclamó.

Teresa contuvo el aliento.

–Mientes, Rico. Dijiste que no mentías a aquellos a los que amabas, pero estás mintiendo.

–Teresa, lo mejor sería… –dijo Gianni.

–¡Basta! –gritó Teresa. Y su hermano apoyó la cadera en el escritorio con un encogimiento de hombros, acomodándose para seguir la pelea como espectador.

–Eres un idiota –dijo entonces Teresa a Rico.

Gianni rio.

–Gracias –dijo Rico, frunciendo el ceño.

–Quedándome no me sacrifico por nadie –dijo ella, aproximándose sin apartar la mirada de sus ojos–. Quiero quedarme porque te amo.

Rico sintió una llamarada de calor en el pecho y creyó atisbar una luz al final del túnel.

–Y yo a ti. Siempre te he amado.

Los ojos de Teresa se humedecieron a la vez que esbozaba una sonrisa. Alzó la mano hacia la mejilla de Rico y este giró la cabeza para darle un beso en la palma.

–¿Y qué hay del pasado, Rico? ¿Se interpondrá siempre entre nosotros?

–El pasado no me importa –dijo él–. Solo importa el futuro: nuestro futuro.

–¿Y mi familia?

Rico miró a Gianni, que los observaba con expresión risueña.

–Si puedo con los King, también podré manejar a los Coretti –apuntó a Gianni con el índice–. Siempre que se mantengan alejados de mis hoteles.

–Trato hecho –dijo Gianni.

–¿Y por qué estabas dispuesto a dejarme ir? –preguntó Teresa.

–Porque solo quería que te quedaras si lo deseabas. Tenía que ser tu decisión –susurró Rico, como si estuvieran solos–. Pero no creas que me hubiera dado por vencido.

A Teresa se le iluminó el rostro.

–¿De verdad?

–Habría hecho lo que fuera necesario para conquistarte y que volvieras a casa.

–¿A qué casa?

–A nuestro hogar, aquí, en Tesoro.

–Nuestro hogar está allí donde estemos –Teresa se puso de puntillas y lo besó–. Tú eres mi familia, Rico. Siempre te elegiré a ti.

Gianni carraspeó.

–Le contaré a papá lo que ha pasado. Le desilusionará que no vuelvas conmigo, pero también lo entenderá.

Teresa fue hasta él y lo abrazó.

–Gracias, Gianni.

–Eso sí, supongo que ya que nos perdimos la primera, papa querrá que celebréis otra boda –dijo Gianni, dirigiéndose a Rico. Luego se volvió a Teresa y añadió–: Pero lo importante es que veo que eres muy feliz, hermanita.

Teresa sonrió y le vio acercarse a la chimenea.

–¿Cómo la enciendo? –preguntó Gianni.

–Con el interruptor de la pared –dijo Rico, imaginado lo que iba a hacer.

Gianni apretó el botón y, cuando las llamas se encendieron, se agachó, tiró el sobre y esperó a que se consumiera. Cuando solo era cenizas, se incorporó y miró a Teresa y a Rico.

—Ahora puedo irme.

—¿Adónde? —preguntó Teresa.

—Por ahora, a Londres —Gianni fue hasta ella y la abrazó de nuevo. Luego miró a Rico y añadió—: Ya no tenéis que preocuparos por mí. Si papá no podía localizarme es porque he estado en contacto con la Interpol.

—¿Qué? —exclamó Teresa atónita.

—Me han pedido que colabore con ellos a cambio de darme inmunidad —dijo Gianni, sonriendo ante la reacción de su hermana—. Puede que sea divertido. Y espero convencer a Paulo y a papá para que hagan lo mismo.

—Te deseo suerte —dijo Rico riendo

—¡Estoy muy orgullosa de ti!

—Imagínate: yo, trabajando para la policía —Gianni fue hacia la puerta sacudiendo la cabeza con incredulidad. Antes de salir, le dijo a Rico—: Trátala bien. Seguiremos en contacto.

Cuando se fue, Rico abrazó a Teresa con fuerza y, ocultando el rostro en su cuello inspiró profundamente para aspirar su olor. Tras un rato abrazados dijo:

—Te amo, Teresa Coretti King.

—Quiero que me lo repitas muchas veces —se

emocionó ella–. Te adoro, Rico. La vida sin ti ha sido una pesadilla.

–Shh. Ya ha pasado. Lo importante es que podemos ser felices.

–Estar aquí contigo en Tesoro es lo más maravilloso que podía pasarme –Teresa apoyó la cabeza en el pecho de Rico y susurró–: Llévame a casa, a nuestro hogar.

–Antes quiero darte una cosa –dijo él, separándose de ella.

–Me basta tenerte a ti, Rico.

Él sonrió. No recordaba haberse sentido nunca tan bien.

–Créeme. Esto lo necesitas.

Sacó una cajita del cajón del escritorio y se la acercó. Cuando Teresa la abrió, se quedó boquiabierta.

–Es tu sortija –comentó Rico, aunque la aclaración no era necesaria–, la que dejaste atrás con una nota diciéndome que tenías que marcharte.

–¡Dios mío! –Teresa observó el diamante y se llevó una mano a la boca–. No te imaginas lo difícil que fue quitármela, Rico. Tú lo eras todo para mí –sacudió la cabeza y musitó, admirada–: Y la has guardado todo este tiempo…

Rico la sacó de la cajita y se la deslizó en el dedo a Teresa. Luego la besó y, mirándola a los ojos, dijo:

–Una parte de mí siempre pensó que volveríamos a encontrarnos, Teresa. Eres la mujer de mi vida y esta sortija te pertenece.

–Y esta vez, mi encantador y romántico marido –susurró ella, poniéndose de puntillas para besarlo–, me quedaré para siempre.

–Trato hecho –dijo Rico. Y la besó con toda su alma.

Deseo

NOVIA A LA FUGA

HEIDI BETTS

Juliet Zaccaro debería estar caminando hacia el altar, así que ¿por qué estaba saliendo de la iglesia a todo correr? Porque acababa de descubrir que estaba embarazada, y no de su prometido.

La misión del investigador privado Reid McCormack era llevarla de vuelta a casa. Pero cuando la encontrara iba a asegurarse de que no regresara con su novio; sobre todo porque el bebé que llevaba dentro  podría ser suyo. Aunque Juliet negaba la química que había entre ellos, ¿conseguiría Reid convencerla de que compartían algo más que un vientre abultado por un bebé?

¿Por el bien del bebé?

¡YA EN TU PUNTO DE VENTA!

Acepte 2 de nuestras mejores novelas de amor GRATIS

¡Y reciba un regalo sorpresa!

Oferta especial de tiempo limitado

Rellene el cupón y envíelo a
Harlequin Reader Service®
3010 Walden Ave.
P.O. Box 1867
Buffalo, N.Y. 14240-1867

¡Si! Por favor, envíenme 2 novelas de amor de Harlequin (1 Bianca® y 1 Deseo®) gratis, más el regalo sorpresa. Luego remítanme 4 novelas nuevas todos los meses, las cuales recibiré mucho antes de que aparezcan en librerías, y factúrenme al bajo precio de $3,24 cada una, más $0,25 por envío e impuesto de ventas, si corresponde*. Este es el precio total, y es un ahorro de casi el 20% sobre el precio de portada. !Una oferta excelente! Entiendo que el hecho de aceptar estos libros y el regalo no me obliga en forma alguna a la compra de libros adicionales. Y también que puedo devolver cualquier envío y cancelar en cualquier momento. Aún si decido no comprar ningún otro libro de Harlequin, los 2 libros gratis y el regalo sorpresa son míos para siempre.

416 LBN DU7N

Nombre y apellido	(Por favor, letra de molde)

Dirección	Apartamento No.

Ciudad	Estado	Zona postal

Esta oferta se limita a un pedido por hogar y no está disponible para los subscriptores actuales de Deseo® y Bianca®.
*Los términos y precios quedan sujetos a cambios sin aviso previo.
Impuestos de ventas aplican en N.Y.

SPN-03   ©2003 Harlequin Enterprises Limited

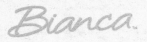

Entre ambos seguía habiendo secretos por resolver...

Hizo falta un devastador terremoto para que el multimillonario Cesare di Goia se diera cuenta de lo que realmente importaba en la vida. Un abismo infranqueable lo separaba de su mujer, pero no estaba dispuesto a renunciar a su hija.

Al volver al lago de Como con su hija, Ava di Goia se sentía como una intrusa en el fastuoso *palazzo* que una vez fue su hogar. Pero un fuerte vínculo de pasión y deseo seguía uniéndola a su marido.

Secretos revelados

Maya Blake

DESEO INADECUADO

RACHEL BAILEY

Aunque era la hijastra de un magnate de los medios de comunicación de Washington, Lucy Royall no era ninguna princesa mimada y se estaba labrando sola su futuro como periodista. No obstante, cuando el detective contratado por el Congreso, Hayden Black, acusó a su padrastro de haber realizado actividades ilícitas, Lucy decidió defender a su familia. Pero las cosas entre Lucy y Hayden se calentaron… ¡y terminaron en la cama! Menudo conflicto de intereses. ¿Podría aquella pasión convertirse en algo más duradero a pesar de la enorme controversia que iba a causar?

El decoro frente al destino

¡YA EN TU PUNTO DE VENTA!